내 삶의 작은 빛들을 위하여

장영교 수필집

질마재에 부는 바람

글 · 그림 | 장영교

초롱

그림을 넘나드는 예술혼

강석호 / 문학평론가, 수필가
한국 수필문학가협회 회장

사람은 누구나 자신의 생각을 정학하게 전달하고 싶어 한다. 그 의사전달의 방법 중 가장 효과적인 것이 글이다. 글은 하고 싶은 말을 문자를 빌어서 하는 것일 뿐 쓰는 이의 생각을 정리 해 놓는 것인데 말과 달리 특별한 것으로 생각된다. 나아가서 그 글이 오래 기억되고 영원히 남아 전해지기를 원한다.

그 중에서도 작가는 글 쓰는 일을 업으로 하는 전문인이다. 자신의 글을 자신을 위해서만 남겨놓고 싶은 것이 아니라 그 시대의 기록자로서 그것을 꼭 남기고 싶은 욕구가 저변에 강하게 자리 잡고 있는 것이다. 그것은 바로 사명이기도 하다. 문학의 여러 장르 중에서 수필은 특히 그런 기록자로서의 사명을 더 잘 감당할 수 있는 특성을 지니고 있다고 본다. 자신의 체험을 통해서만 쓰여질 수 있는 글, 그 체험 자체가 주된 글감이고 그 속에 주제를 품고 있는 글, 이런 것이 수필 본연의 모습이다.

이런 면에서 수필가 장영교는 수필의 정석을 벗어나지 않고 자신의 체험을 진솔하게 펼쳐 나가면서도 그 내용이 객관성을 잃지 않고 자신의 체험을 독자의 체험에 쉽게 얹어줌으로서 독자를 자신의 수필 속에 자연스럽게 끌어들이고 아주 편안하게 안주시키는 능력을 지니고 있다.

우리나라 유교의 자존심이자 본향이라고 자부하고 있는 안동에서 태어나 탯자리를 지키며 자라고 학업도 고향에서 마친 작가 장영교는 어머니를 회고하면서 당시의 문화를 아무런 거부감 없이 현대에 끌어들이는데 성공한다. 단순히 어머니의 그림자를 쫓아 그리움으로 명멸하는 글로 끝내지 않는다. 변화된 우리의 문화의식과 가치관의 혼돈 등을 전혀 난삽하고 어려운 이론이 아니라 담담한 체험 이야기를 하면서 수수하게 풀어나간다.(三査頓)

교사로서 일생을 살면서 순진무구한 어린 영혼들과의 만남으로 그의 작품세계는 더욱 순수함으로 잘 다듬어진다. 자매를 잃으면서 혈육에 대한 애틋한 정을 써내려가는 부분에서는 선혈이 고운 분홍실처럼 사뿐사뿐 내려앉는 기분이 들도록 독자를 매혹시킨다. 처절한 아픔이 아니라 그 슬픔을 고운 그림처럼 승화시킬 수 있는 것은 작가가 그림에 일가를 이루고 있음이 무관하지 않은 것 같다. 평생 아이들을 가르치면서 그들의 글을 지도하고 그림을 함께 그린 세월들이 쌓여 오늘의 수필가 장영교, 화가 장영교를 키워냈다. 이런 점에서 평생직인 그의 교직은 그의 생애와 예술혼을 품고 숙성시킨 요람이라 할 수 있다.

어릴 적 [학원]을 읽을 때의 작은 추억을 소중히 기억하고 있는 그의 면모가 바로 작가의 모습이 아닌가 한다.(k선생)

수필가 장영교의 시야가 과거의 기억을 더듬고 회상에만 머물러 있다면 작품세계가 좁을 수밖에 없을 텐데 그는 모두들 걷는 청계천을 심상히 걷고만 지나치지 못한다. 자연을 벗하면서 담담하게 풀어가는 그의 작품에서 직관력과 탁월한 관찰력에 감탄하지 않을 수 없다.(청계천 만감) 그것은 작가로서의 본능적 감각 외에 화가로서의 감성이 가미되어 풍부한 자연친화적인 표현들이 독자를 기쁘게 한다.

수필은 작가 자신의 체험을 바탕으로 해서 빚어지는 작품이지만 체험을 그대로 나열하거나 지극히 개인적인 이야기를 소상하게 써 내려감으로서 작품성의 면에서 볼 때는 밀도가 떨어지는 경우가 많고 그것이 좋은 수필 쓰기의 큰 함정이 되기 쉽다. 그런 점에서 작가 장영교는 간결하고 담박한 문장과 진솔하지만 천착하지 않는 화법으로 작품의 긴장감을 유지할 줄 아는 작가이다.

그림과 글이 어우러지는 수필집을 펴내는 이들이 최근에 늘어나고 있는 추세이지만 타인의 그림을 컷이나 소품을 곁들이는 형식을 비는 것이 대부분이다. 그런 것들은 오히려 수필이라는 문학작품의 전문성을 훼손시키는 역기능이 있다는 지적도 받고 있다. 하지만 장영교의 그림을 곁들인 시도는 그와 다르다. 바로 자신의 그림을 작품의 성격과 맞는 것을 전제로 함께 엮어가고 있어서이다. 수필을 쓰는 화가, 그림을 그리는 수필가 장영교의 예술세계를 한 눈에 접할 수 있는 이 책에 거는 기대가 큰 것도 이 때문이다.

20세기 중반에 태어나 21세기를 사는 작가 장영교의 시대정신을 엿볼 수 있는 이 책을 독자들 앞에 추천할 수 있는 것은 평자로서 행운이 아닌가 한다. 이 책을 시발로 하여 계속적으로 그의 2집, 3집의 수필집을 기대하며 일독을 권한다.

2014. 1. 25

부모님 전 상사리

아버지 어머니, 너무도 그립고 보고 싶습니다.

하늘나라 가신지도 어언 수십여 성상이 속절없이 흘러 못난 이 딸년도 어느덧 세월에 밀려 이제는 삶의 벼랑 가까이 온 것 같습니다. 세월이 갈수록 나이 들면 들수록 알 수 없는 공허감과 외로움은 더욱 부모님이 보고 싶고 그리움은 한없이 깊어만 갑니다.

아버지께서 그리도 귀애하시던 언니가 떠날 때 우금 마을 앞 강가에서 마지막 작별 인사로 뺨을 포개시면서 아직도 따뜻했다고 그렇게 아까워 우시던 아버지. 그 자애로우셨던 모습이 지금까지도 어제 일처럼 생생하고 잊혀지지 못해 그저 아버지 품에 안겨 실컷 울고 싶습니다.

그동안 세상은 많이도 변했지만 셋째와 막내와도 헤어져야 하는 가슴 아픈 이별은 남아 있는 저희들에게 말할 수 없는 상처로 아리고 괴로워도 아버지 어머니 계신 하늘나라에서 그들을 맞아 옛날처럼 품어 주시리라 믿어보는 눈물겹고 간절한 소망뿐입니다.

고향 금광리 마저도 개발에 밀려 수몰이 되고 말았답니다. 옛날 부모님 손잡고 방문하던 복사꽃빛 속의 산천하며 정답던 외나무다리는 이제 영원한 전설의 고향이 되고 말았습니다.

천지가 개벽이 되고 상전이 벽해가 되는 사실은 지금도 국토 전역에서 쉴 새 없이 일어나고 있으니 바로 조국의 눈부신 발전의 모습이지요. 아버지께서 사랑하고 우려했던 조국은 그동안 온 세계가 놀라는 발전된 선진국으로 가고 있습니다.

언제나 시대를 앞서 보시고 민주주의를 사랑하셨고 항상 끊임없이 공부하시던 아버지! 생활의 태도는 과학이셨고, 생각은 꿈이 있는 박애주의자이신 것을 저는 잘 알고 있어요.

존경하는 아버지, 그립고 보고 싶습니다.

언제나 아버지는 저희들의 큰 스승이셨으며 자애로움으로 감싸주셨습니다. 이 시대에 보기 드문 위대하신 부모님께 태어난 것은 더 없는 행복이며 자랑으로 지금도 자부심을 갖고 살아가고 있습니다.

아버지 어머니 고맙습니다. 부모님의 귀중한 배움과 추억은 말로는 다 표현할 수도 없는 저희들의 값진 자산이옵니다.

이번에 만든 작은 수필집은 부족하기 이를 때 없지만 제일 먼저 존경하고 사랑하는 부모님 영전에 감히 바칩니다. 부모님 은혜 못 잊어 차라리 어리광부리고 그 품에 나뒹굴고 싶을 뿐입니다.

어머니께서는 무조건 잘 했다고 기뻐 칭찬하실 것 같고, 아버지께서는 많이 지적해 주실 것 같아요.

　아버지! 아버지의 많은 가르침이 이리도 소중하고 귀함인 것을 살아가면서 나이들면 들수록 뼈에 사무치게 그립고 감사하고 있습니다.

　아버지 어머니 고맙습니다. 사랑합니다. 저의 말할 수 없이 부족한 첫 작품이오니 부디 다스려 주시기 바라 마지않습니다. 만나뵐 때까지 안녕히 계세요.

　　　　　　　　　　　　　　　불효여식 울면서 바칩니다

차 례

도산서원 여운

여행 동호인들과 도산서원을 찾았다가 퇴계선생 종택을 방문하
게 되었다.

지금은 퇴계선생의 15대 종손이 성학의 후손답게 고고한 자태로
깨끗이 늙고 계셨다. 유서 깊은 집안을 둘러보고 큰 학자의 자취와
사료들을 구경하고 사랑채 종손을 맞으니 우리 일행을 보고 '어디
서 왔느냐' 고 물었다.

서울에서 왔지만 저는 고향이 평은면 금광리라고 하니 대뜸 하시
는 말씀이, "음 장씨구나. 인동仁同… " 하시기에 그렇다고 대답하
니 "금광리에 내 친구가 있었는데 장사우張師宇…."

그때 나는 너무도 놀라 숨이 콱 멈출 지경으로 귀를 의심했다.

"네 장 자, 사 자, 우 자, 우리 아버진데요. 우리 아버지. 바로 제
선친입니다."

나는 너무 흥분해서 큰 소리로 외쳤다. 아버지께서 돌아가신 지
가 꼭 올해로 30년이 되었는데 여기서 아버지 친구분을 만나 뵙다
니 반갑다 못해 기가 막히고 흥분이 되어 꿈인가 생신가 정신을 못

차릴 정도였다.

　이렇게 고고하신 분이 아버지 친구시라니 돌아가신 아버지를 다시 만난 것 못지않게 감동스럽고, 눈물이 나도록 아버지가 보고 싶고 그리웠다.

　종손께서는 98세라고 하셨다. 우리 아버지와 동갑이시다. 같이 갔던 일행들도 예기치 않았던 상황에 다들 놀라고 감탄했다. 노 종손은 연로하심에도 불구하고 정확한 기억으로 아버지와의 친교를 설명해 주시고 영남 양반들의 교류와 훌륭한 아버지의 생전의 모습을 들려주셨는데 그 회상 속 아버지는 다시 들어도 자랑스러웠다.

　98세의 아버지 친구분께 건강을 부탁드리며 다음에 아이들과 다시 찾아뵐 것을 약속드리고 돌아왔다. 돌아와서도 늘 그날의 감동을 주체할 수 없을 만큼 아버지가 보고 싶고 자랑스러웠다. 노 종손의 고결한 선비 모습이 더욱 아버지를 그립게 했다.

　아이들은 하나 같이 바쁘고 차일피일 시간은 흐르고 늘 종손의 건강이 염려되었다. 살아생전에 다시 찾아뵈어야 하는 것이 내 아버지에 대한 최소한의 예의고 성의일 것 같아 늘 마음이 아쉬웠다.

　마침 이번에 도산서원에서 경영하는 거경대학(퇴계 유지를 받드는)에 참여하는 기회가 되어 다행이었다.

　이미 101세가 되신 종손께서는 이외로 건강하신 모습으로 반가이 기억해 주셔서 고마웠다. 나도 모르는 우리 문중에 대한 여러 가지 선조들의 실록과 시대변천에 부응하는 당신의 생각과 주장, 사상 등 폭 넓은 좋은 가르침도 있었다.

아버지도 계셨다면 101세가 되신다. 그립고 보고 싶다.

지난겨울 신문에 퇴계 15대 종손이 운명하셨다는 기사가 보도되었다. 그때나마 찾아뵌 것이 그나마도 다행이었구나. 그 기억력 하며 꼿꼿한 선비의 태도가 아직은 괜찮을 줄 알았는데….

안녕히 가세요. 저 세상에서도 아름다운 우정 간직하세요. 저를 만난 이야기도 전해 주시면 고맙겠습니다.

삼사돈三査頓

언니의 시어머님이신 무안 박朴씨

나의 시어머님이신 안동 권權씨

친정어머님이신 한산 이李씨

이 세 분 사돈들은 친정어머니의 주선으로 자주는 아니지만 더러 모임을 가지셨다. 지리적인 조건이 중간이기도 하지만 친정어머님은 당신의 양쪽 사돈이니 각별히 대접도 하고 싶으셨을 것이다.

언제나 모임은 봄이나 가을로 좋은 계절이었고 장소는 친정에서 이루어지는데 그때 그 모습들이 지금 생각해도 무척 정겹기도 했지만 그분들의 멋있는 풍류가 한없이 그리워진다.

마루 아래 댓돌에는 유난히 하얀 고무신이 가지런히 놓이고 부엌 쪽에서는 맛있는 냄새가 솔솔 풍겨 나왔다.

삼사돈三査頓들은 만나면 먼저 깍듯한 예를 갖추고 상대방에게 덕담을 나누고 물론 칭찬도 아끼지 않는다. 자주 있는 만남도 아니고 역시 사돈들이니 처음에는 긴장도 했을 것이다. 게다가 사돈지간이라면 으레 자존심인들 왜 없었겠나 싶기도 하다. 사실 '자존심' 하면 권權씨인 우리 시어머님이 보통이 아님을 평소 잘 알고 있었지만 언니네 시어머님 박朴씨께서는 더 도도하셨다 하니 모두 반가의 오랜 전통인 듯 콧대 높은 것은 짐작이 가고도 남는다.

그렇지만 옛말에 딸 둔 죄인이라고 했던가. 그래서인지 친정어머니 이李씨를 보면 해도 해도 너무 한 것 같았다. 간도 쓸개도 다 빼놓은 듯 사돈들한테는 처음부터 항상 저자세였던 것 같다. 그 태도는 어머니 특유의 겸손이었고 속 깊은 양보는 삼사돈을 더욱 돈독하게 이끌 수 있었던 저력인 것 같다. 자존심은 누구에게나 다 있을 수 있지만 그것도 지혜가 필요한 것은 당연했다. 오죽하면 사돈댁하고 뒷간은 멀면 멀수록 좋다고 했을까. 그렇지만 여기 삼사돈들은 생각이 이미 열렸고, 하나같이 슬기롭고 지혜로워 이 모임을 감사하게도 즐겨 참석하셨다.

서로들 자식의 근황을 간단히 나누고 각자 손자손녀들을 자식보다도 더 치켜세우다가 이내 화제는 자기들 주변으로 돌아갔다. 문중의 소식이며 화수회 등 들어보면 좀 생소한 시대 지난 내용인 데도 교양 있고 멋이 묻어나는 대화였다. 지난 화수회에서 새로 작성한 화전가며 그 밖의 내방가사 등으로 화제는 꽃을 피우고 직접 쓰신 권權씨의 작품을 내놓고 감상하는데 그때는 언제나 초성 좋은 이李씨가 읽게 된다.

온 동네 사돈지를 뽑혀가며 읽던 솜씨를 발휘하게 되는데, 음성을 가다듬고 감정과 정서를 살리면 가락과 장단이 들어가 높낮이가 수려하고 유연해 진다. 중간 중간 추임새 같은 칭찬이며 감탄을 넣어 가면 목소리는 낭랑하고 청중은 무아의 경지로 몰입이 된다. 얼마나 잘도 읽으시는지 항상 작품을 돋보이게 하는 힘은 꼭 무성영화 시대 변사 못지않은 당신만의 노하우인 것 같다. 이쯤 되면 점점 분위기는 고조되고 화기애애 해지면서 각자 좋아하는 명문장 명시조가 읊어지는 차례가 된다.

이 순신 장군의 애끓는, 한산 섬 달 밝은 밤….

황진이의 청산리 벽계수는 감정 풍부한 이李씨에 의해 여인의 연정도 승화되고 있었다.

다음은 박朴씨의 한양가. 기나긴 한 오백년이 펼쳐지기 시작하면 조선의 아름다움이 한 구절도 틀림도 막힘도 없이 강물처럼 출렁인다. 아 그 총기에 다들 혀를 두른다.

곧이어 소동파의 적벽부. 제갈공명의 출사표까지 월등히 뛰어난 수준에 칭송과 감탄이 쏟아지는데 도연명의 귀거래사로 좌중을 제압하다시피 아직도 끝없는 보물 창고를 조용히 닫으시는 무진장한 권權씨.

여기서부터는 서로 칭찬이 쏟아지고 존경과 경의, 그리고 더 할 수 없는 우정으로 충만해 진다. 아무리 생각해도 이분들은 모이는 날짜를 기다렸다가 이날을 위해 각자가 열나게 공부해서 오는가 싶기도 하다. 겨누러 왔는지 발표하러 왔는지 자랑하러 왔는지 의심스러울 정도였다. 너무 실력들이 좋고 조금도 주저함이 없는 걸로 봐서 하루 이틀에 익힌 벼락치기 공부는 아닌 것 같다. 어려서부터 노래하듯 몸에 배어서 익히지 않고는 그렇게 술술 실타래 풀리듯 나올 수가 없으니 말이다. 모두들 대단한 여사님들이었다. 한마디로 존경스런 할머니들이었다.

안동 권權씨께서는 일찍이 개명하시어 경북에서 제일가는 명문 여학교를 1회로 나오신 신여성이다. 교육을 받았다고 다 유식할까마는 신구학문에 일찍부터 뜻을 갖고 공부하신 이 시대에 보기 드문 박학다식의 선구적인 재원이시다.

그럼에도 무학이신 두 분 사돈들과도 격이 없으신 교류를 좋아하셨다. 비록 신교육의 혜택은 누리지 못했지만 두 분들도 만만치는 않았다고 본다.

고사성어며 한문 상식에 대해서는 누구에게도 손색이 없으실 뿐 아니라 당신들 문장이나 말씀 가운데 인용이 되고 그 쓰임 또한 적재적소에 잘 활용하신 걸로 봐도 물론 들은 풍월(?)이지만 틀림없는 실력이라고 해도 손색이 없으시다. 바로 알고, 바로 사용하고, 바로 행한다면, 교육이 지향하는 목적일 것이다.

이李씨는 학교 문전에도 못 가본 것에 한을 했지만 이분들을 보면 학교 교육만이 교육이 아님도 실감케 했다. 박朴씨도 공교육은 구경도 못해서도 필적은 가히 명필이시다.

이 분들이 쓰신 가사집이며 편지글에 재미난 것은 세로로 쓰기 시작하여 지면이 모자라면 90도 돌려서 써내려갔다. 지면에 빼곡히 담긴 문장들은 오히려 질서 정연하고 흘림체는 아름답고 예술의 경지도 방불케 했다.

그리운고향 8F 장지채색

남겨주신 작품들은 하나같이 시대를 대표하는 보물이다. 새삼 그분들의 멋과 풍류가 대단했고 실력들이 아깝다. 보통 할머니들이 아니었다. 멋을 알고 항상 독서를 즐겼으며, 유독 삼사돈이 모였다 하면 어지간한 사학자 문필가도 놀라고 갈 정도였으니 참으로 존경스럽다.

그분들은 자식을 나눠 맺은 인연으로 서로 존중하고 수준 있는 사귐을 했지만 돌아가면 딸들의 시어머니였다. 다 지난날이지만 시집살이도 수월치는 않았다. 당신들처럼 완벽할 수는 없었으니 마음에 들기는 어려웠음도 당연하다. 이제는 그것마저도 다 지난 세월이다. 그 멋쟁이 풍류객들을 다 떠나보내고 말았다. 귀함의 가치를 깨닫고 보니 이미 나도 석양이 되어 갈 길이 바쁘다.

열두 폭 병풍 속에는 한양 오백년 역사가 굽이굽이 폭마다 담겨 힘차게 써 내려간 만고의 달필을 영원히 남기고 가신 무안 박朴씨 사장 어른.

수많은 집필 중에도 기념비적인 〈유씨 삼대록劉氏 三代錄〉23권을 필사본으로 제작하시어 인쇄된 적 없는 문학작품이라고 남겨주신 위대한 어머님! 말년에 굴원의 슬픈 시를 자주 애송하신 것은 외로움의 세월이셨는데 부족한 며느리는 이제야 그 깊은 뜻 헤아리니 가슴만 저려온다.

비록 글씨가 악필이라고 고백하셨지만 수많은 편지 속에 알뜰한 사연은 인생의 깊고 깊은 가르침이 빛나고 넘쳐 이제야 철부지 딸이 눈물로 읽고 또 읽어보는데 후회인지 아픔이 창자를 끊는다.

삼사돈은 모이면 역사와 문학, 예절교육의 기본 등을 일깨워 주신 선각자들이었으며, 온고지신을 몸소 실천하신 이 시대를 앞서 가신 어머님들이었다.

참으로 그립고 보고 싶습니다.

사랑합니다. 존경합니다. 자랑스럽습니다.

삼사돈은 삼여걸이 더 어울릴 것 같다.

청계천 만감

금요일은 청계천을 걷는다.

수업이 끝나는 즉시 점심도 먹지 않고 친구와 함께 두물다리 아래쪽에서 출발하여 흐르는 물을 거슬러 걷기 시작하면 운동이 되는 것은 물론이고 둘만의 시간을 갖는 것도 좋았다.

철 따라 변해 가는 모습은 색다른 즐거움이다. 교외나 등산도 좋지만 가까이서 야생화를 비롯한 온갖 꽃과 나무, 우거진 숲, 무엇보다도 맑은 물속에 노니는 여러 종류의 물고기들, 계절 마다 찾아오는 철새들은 여간 반가운 만남이 아니다.

꽃들의 잔치가 한창 일 때 언제 그렇게 옮겨 왔는지 야생화가 지천으로 피고 있다.

망초, 금잔화, 제비꽃, 애기 똥풀, 꽃민들레, 달개비, 여뀌, 며느리밑씻개, 뫼꽃, 개머루, 쑥부쟁이, 붓꽃, 구절초 등등.

자세히 보아야 예쁘다

오래 보아야 사랑스럽다

너도 그렇다

나태주 시인의 〈풀꽃〉이 절로 읊어 진다.

비우당교 오간수교 등 수무개도 넘는 다리 밑 그늘은 어쩌면 그렇게도 진하고 시원한지 백 년만의 더위도 다리 밑에만 들어서면 자연 냉방이 된다. 사람들은 층계에 앉아 쉬기도 하고 맑은 물에 발 담그는 모습은 신선놀음이 따로 없다. 조금만 더 있으면 능수버들이 걷는 길까지 신록과 그늘을 함께 선사할 것이다.

입추가 지나면 갈대는 한창 어우러지고 이름 모를 열매도 영글고 단풍이 운치를 더하면 짧은 가을이 아쉬운지 사람들이 더 많이 모인다.

이러다가도 추워지면 모처럼 조용해진 청계천을 황량한 바람과 동행해 보는 산책도 그런대로 괜찮다. 얼음 밑에서 들리는 피라미들의 이야기에 귀도 기우려 보고 봄소식도 기다려 본다. 청계천은 어느 계절이 와도 사랑 받을 자격을 고루 갖추고 있었다.

사진에 담기도 하고 관찰하는 재미로 다리는 좀 아파도 청계천과 친해진 것을 고맙게 생각했다. 그새 놀랄 만큼 자란 잉어들은 월척을 자랑 삼아 유유히 선회하는 모습은 나름 물속의 세상을 평정이라도 한 것처럼 당당했다.

철따라 찾아 온 청둥오리의 화려한 깃털, 그 배색이 너무도 아름답다. 그 뿐인가. 묵묵히 고독을 즐기는 긴 다리 두루미는 고상한 회색 앙상불이 신사의 품격을 여지없이 보여 주었다. 또 금슬 좋은 원앙 쌍이 나타나면 보는 이마다 탄성이다. 그 조각 같은 아름다움은 한 폭의 그림이었으니까.

머잖아 수달도 등장할 것 같다. 갈대숲 속에는 조짐이 달랐고 지금 당장은 눈에 띄지 않지만 아마도 그들은 밤에나 활동하지 않을까 싶다.

이렇게 청계천은 다양하고 귀한 식구들과 함께 하고 있다. 여기가 도시 한 복판이라는 사실이 도저히 믿기지 않을 정도로 딴 세상이다.

마주치는 얼굴들은 낯설지 않고, 하나 같이 미소를 머금고 씩씩하게 걷고 있다. 그들은 지난날 거대한 콘크리트로 덮여 있었던 청계고가 시절을 기억하며, 엄청난 기적과 같은 소생이 생광스러워 그 아름다움에 푹 빠져서 모두가 행복에 겨운 표정을 감추지 못하고 청계천을 만끽하고 있는 것 같다.

물길 양쪽을 번갈아 넘나드느라 징검다리를 건널 때는 세차게 부딪히는 어마어마한 물살에 몸이 휘둘려 어지럽다 못해 물속으로 빠져들 것만 같았다. 역사의 소용돌이라고 표현한 거대한 힘을 알겠다. 세상은 힘에 의해 치우치고 변하고 그것이 바로 역사이거늘.

해방의 감격, 민족상잔의 비극, 가난과 절박했던 시절, 수없는 혼란의 여과, 굽이굽이 자유의 쟁취, 희생의 점철, 산업의 발전, 이 모든 어려움을 숨 가쁘게 딛고 일어선 힘은 오늘의 기적을 이루었다. 그 영광의 뒤안길에는 빛과 그림자가 공존하듯이 다 몸소 겪은 생생한 역사의 산 증인이다.

보았노라. 겪었노라. 그리고 앓기도 했노라.

자랑도 아닐진대 도대체 이 난데 없는 표출은 무엇일까. 유수 같다는 세월은 어느덧 청춘도 멀리 실어 날랐으니 허무한 생각이 든 것 같기도 하고.

새벽다리 버들다리 밑에도 물은 역시 맑은데 이름 모를 고기들의 여유 있는 편대 놀이는 평화롭고 행복한 도시를 더 자랑스럽게 했다. 이곳이 빨래터로도 유명했다고 하니 아낙들의 웃음소리 빨래방망이 소리가 아련해 태평성대가 그려진다.

소풍 나와 즐기는 사람들, 점심시간을 이용해서 직장인들의 황금 같은 걷기 시간, 화려한 백수들의 안식처, 외국인 관광객, 어느덧 청계천은 사람뿐 아니라 물속이나 풀 한 포기까지도 끝없이 보듬고 있었다.

천변 따라 마주보는 벽면에는 담쟁이 넝쿨이 저마다의 독특한 솜씨로 아름답게 벽화를 연출하고, 소망의 벽에는 많은 시민이 참가한 청계천 복원 축하 기념 메시지를 도자기 타일에 마음껏 새겨서 전시된 것이 매우 재미있고 개성 있는 아이디어였다. 자신의 작품이 있는 자에게는 아마도 새로운 고향이 되지 않을까.

청계천은 미술관이다. 600년 서울의 역사를 생각하게 하는 종합 전시장이기도 하다. 청계고가 시절 자동차로 가득 찼던 장면이 잘 묘사된 사진 작품 속에는 꼭 지난날 낯익은 그때 그 자동차라도 알아맞힌 것처럼 반가웠다.

거기서 계속 달리면 광교쯤인가 옛 조흥은행 앞길로 급경사를 타고 내려가서 우회전으로 광화문 네 거리를 거쳐 세종로로 진입할 때는 북악산 위에 머무는 구름도, 찬란한 위용의 경복궁도 다 깊은 감회를 자아내게 했다.

자하문 터널을 통과하기도 했지만 청와대 옆길로 올라가면 최 서장 동상 앞으로 고개를 넘어서 갈 때가 더 많았다. 그 길이 아름답고 마음에 들어서 많이 이용했다. 사진을 보노라니 그 시절로 돌아간 듯 마음은 차를 타고 달리고 있었다. 친구가 평창동에 있어서 자주 갔던 추억이 새롭다.

수표교 삼일교를 지나 광통교쯤 오면 물길이 좁아지는 반면 물살은 빨라지고 물결이 만들어진다. 여기서 정조대왕 능행 반차도班次圖가 거대하게 벽화로 펼쳐진다. 정조가 어머니(혜경궁 홍씨) 환갑을 기념해서 아버지(사도세자)를 모신 화성 현륭원 참배 행렬이다. 중사 파총 호병들이 앞장서고 그 뒤를 이은 내시 내관들, 선발된 수많은 수행 호위, 정조의 진위부대 등등 정치도 권세도 행사도 예술로 승화되니 아름다운 그림인 동시에 역사가 펼쳐지고 있었다.

혜경궁 홍씨가 탄 자궁가교가 지나고 정조 임금은 말을 타고 어머니 가마 뒤를 따르는 장면은 정조의 지극한 효심으로 가슴을 뭉클하게 했다. 임금이기 이전에 어머니의 아들이었고, 그들의 슬픈 가족사를 떠올리지 않을 수 없었다. 청룡 백호 현무 주작의 깃발을 펄럭이며 수많은 고적대가 따르고, 앞장서고, 호위하고, 참으로 거창한 반차도다.

역사의 교훈이 담긴 위대한 반차도, 역사란 과거가 오늘을 일깨우는 교훈임을 깊이 깨닫게 했다. 그래서 역사가 곧 미래라고 하지 않았나.

군데군데 수변 무대에는 많은 창작의 실험이 이루어지고 아름다운 분수가 솟구쳐 물보라를 맞는 젊은 연인들은 비록 지금은 둘만의 관심사지만 세월이 흐른 다음에는 이 멋진 전시관의 자연과 인간과 예술뿐 아니라 역사 전반에도 관심이 달라지리라.

시원始源을 만나듯 폭포소리는 오늘도 청계천 고지(?)를 무사히 정복한 청계천 애호가를 함성으로 맞아 주었다. 머리 위에 복잡하고 바쁜 도시의 치열함도 아랑곳 않고 낮은 곳에서 이 거대한 도시를 정화하고 포용하듯 쉬지 않고 흐르고 있었다.

두 시간을 걸었으니 다리도 아프고 배가 몹시 고프다. 맛있는 함흥 회냉면 생각이 간절하다.

앞으로 얼마나 더 청계천과 함께 할지는 몰라도 이 아름다운 종합 전시장 감상을 그만 두는 날이 꽃잎도 지는 날이 있듯이 내 인생에도 왜 그런 날이 없겠는가.

친구야, 사랑한다. 건강하여라.

육하의 귀향六何歸鄕

깨끗하게 잘 지어진 도라산 역에 도착했을 때 〈평양 방면〉이라고 쓰인 이정표를 보는 순간 갑자기 가슴이 먹먹해 왔다.

아, 평양도 갈 수 있구나! 평양도 우리 땅인데…. 그 평양을 저 이정표는 가리키는데….

오늘 나들이의 즐겁고 행복했던 생각과 시간들이 다 철없는 사치 같고 모든 것이 한꺼번에 무너지며 어디선가부터 기진맥진한 허기가 밀려왔다. 슬픔인지 애달픔인지 마음은 찢어지듯 아파왔다. 북에 아무런 연고도 없고 남쪽에서 나고 자란 내가 이런데 만약 북쪽이 고향이거나 그곳에 조그만 한 추억이나 연고가 있다면 저 평양 방면 이정표가 얼마나 서러울까. 얼마나 아플까. 더구나 사랑하는 아내와 자식을 두고 온 이들에게는 60년 세월을 기약도 없이 기다리고 참고 참았을 아픔을 울어서 될 일이라면 목 놓아 발버둥이라도 치고 싶었을 것이다.

내친김에 평양 가는 기차표 한 장 받아서 무작정 올라타 본다. 오

鄕愁 6F 장지채색

래 멈췄던 철마는 신이 나서 칙칙폭폭 숨이 가쁘다. 귀에는 벌써 기적이 고래고래 목이 쉰다. 아! 이 철길이 바로 경의선이지. 곧 바로 가면 평양이지. 점점 흥분한 상태로 차창을 열고 상쾌한 바람을 맞으며 그리운 풍경을 감상하는데, 손 흔들어 맞아주는 허기진 어린이들에게 팔이 아프도록 답을 보내고, 꼭 마중 나와 기다려 줄 것만 같은 깡마르고 지친 형제들이 낯 설지 않아 그들을 부여안고 거칠은 손을 잡고 온기를 느끼며 뜨거운 눈물을 쏟으리라. 그리고 잘 참고 기다려줘서 고맙다고 말하리라. 그리고 이토록 갈라 놓은 자들은 무슨 영광을 보았는지 묻고 싶다.

꿈은 잠들지 않고도 꾸나보다.

어느 월남한 분의 호가 육하六何라고 하는데 그는 이북에 두고 온 아내와 자식이 모두 여섯 명이어서 그 여섯을 어찌할까가 화두가 되어 바로 호가 되었다고 한다. 더 이상 설명을 듣지 않아도 피 맺히게 가슴 아픈 사연이다. 비극의 사연은 어찌 육하 뿐이겠는가. 남쪽이나 북쪽이나 기다리는 수많은 육하들에게 아니 우리 모두에게 이제는 더 이상 기다려 줄 시간이 없지 않은가. 그 소원 하나 꼭 들어줘야 한다. 세월은 기다려 주지 않는다.

도라산역은 북쪽으로 가는 첫 번째 역이다. 〈평양방면〉 이정표 아래 연로한 육하들이 모였다. 하나 같이 기쁨으로 상기된 그들의 얼굴에는 고향 앞 뜨락이 벌써 보인다. 양손 가득한 선물 꾸러미 안에 아내에게 줄 선물이 무엇일까 궁금하다.

제발 이 날이여, 빨리 와다오. 꿈은 꼭 이루어질 것이다.

첫눈 소회所懷

강원도에 눈이 왔다고 연일 방송에서 알리는데 직접 맞지 않으니 은근히 기다려지기도 했다. 적어도 첫눈이라면 뺨으로 받아 녹이기도 하고 그 수정체를 피부로 느껴야 실감이 날 것 같았는데 오늘은 아침부터 눈이 왔다.

당연히 "와! 첫눈이다" 하고 반가워야 하는데 감격은 고사하고 펄펄 날리는데도 별로 기쁘지도 않고 왠지 가슴 저 깊은 곳에서 알 수 없는 아쉬움 같은 서글픔이 서리고 뺨에 와 닿는 눈송이는 불티 마냥 따갑기만 했다. 세월 탓인가.

'첫눈' 하면 지난날 학교에 있을 때 모시던 심교장 선생님의 첫눈맞이 이야기가 생각난다. 매우 로맨틱해서 지금도 생각하면 부럽고 행복한 웃음이 번진다.

멋쟁이 교장 선생님은 첫눈이 오면 첫눈을 먼저 본 사람이 미리 약속해 둔 까페로 가서 기다린다고 했다. 누구와의 약속이냐 하면 바로 사모님이란다. 벌써 오래전부터 이렇게 첫눈 오는 날의 행사가 이어져 왔다고 하니 그 댁 금슬도 짐작이 가고도 남을 일이다.

까페의 멋진 분위기도 분위기지만 곧 나타날 여인의 행복하고 상기된 미소가 상상이 된다. 아마 모르긴 해도 지금쯤은 더 멋있는 아이디어로 발전했을 텐데 궁금하다.

원래 순정 동화 작가로도 유명하지만 그분의 살아가는 지혜가 늘 놀라웠다. 한 가지를 보면 열 가지를 안다고 현직에 있는 동안 항상 좋은 아이디어를 생산하시는 분으로 기억된다. 말하자면 교육계의 스티브 잡스라고 해도 손색이 없으시다. 지금도 그립고 존경함을 금치 못한다.

또 한 번은 수업 중인데 창밖을 보니 첫눈이 펄펄 날리기 시작했다. 바람도 없는 것 같은데 눈송이가 바로 내리지 않고 깃털이 날리듯 춤을 추고 있지 않은가. 그 광경이 너무도 아름답고 더구나 첫눈이 반가워서 공부를 하다말고 '야! 눈이다' 소리쳤더니 아이들도 내다보며 '눈이다! 첫눈이다.' 저들이 소리를 더 지르고 반가워했다.

그렇다. 첫눈은 내 마음도 걷잡을 수 없는데 아이들은 오죽하랴. 도저히 수업을 계속할 분위기가 아닌 것 같아 아이들에게 나가서 눈을 맞아 보라고 했다. 생각지도 못했던 선심에 아이들은 횡재라도 얻은 것처럼 좋아했다.

운동장을 달리면서 하나 같이 두 팔을 벌려 목을 뒤로 젖히고 날뛰는 동작이 꼭 강아지를 풀어 놓은 것 같았다. 조금 있으니 이쪽 반에서도 저쪽 교실에서도 본관 신관 할 것 없이 쏟아져 나오기 시작했다. 이 상황에서 안 나오고는 못 배겼을 것이다.

운동장은 금방 많은 아이들로 가득 차 이리저리 뛰기도 하고 달리기도 하는데 모두들 하늘을 향해 양팔을 벌리고 눈송이를 받아먹기라도 하듯 혀를 날름거리며 고삐 풀린 망아지가 되어 이리 뛰고 저리 뛰고 있었다.

이런 걸 두고 만끽한다고 할까. 하나 같이 얼굴들이 밝았고 말할 수 없이 행복한 표정이었다. 가장 자유스런 행동이었고 천진난만 그대로였으며 꿈꾸듯 부풀어 있었다.

그때 방송실에서 경쾌한 왈츠곡을 크게 틀어 놓으니 운동장은 날리는 눈과 함께 건강한 아이들의 향연이 군무가 되어 바다처럼 일렁거렸다. 손에 손을 잡고 박자에 실리기도 하고, 군데군데 둥글게 원을 만들어 자연스럽게 밟는 왈츠 스텝이 아름답게 느껴졌다.

십분 정도 지났을까? 아이들 뺨 위의 눈송이는 다 녹았고 뿌리던 눈발은 점점 자자지자 그 경쾌하던 왈츠도 조용히 끝이 났다.

다시 교실로 돌아온 아이들 얼굴은 사과같이 빨갛게 익어서 빛이 났고 눈에 젖고 땀에 젖은 머리카락에서는 김이 올라오고 있었다.

그렇게 행복해 하던 아이들 얼굴이 눈에 선하다.

입춘대길 入魚 鬣隊譱

　우리 일행이 그 길을 지날 때는 봄도 끝자락에 이르렀을 때였다. 동네도 아닌 들 가운데 나직한 건물이 용도를 알 수 없는 모양으로 있었지만 주변에 아름답게 핀 과꽃 외에는 누구 하나 거들떠보는 이도 없고 겉으로 봐서는 허름하고 낡은 모양의 공장 같기도 한 판자로 된 건물인데 천막 천으로 군데군데 덧대어 있었다.

　그런데 벽에 入魚 鬣隊譱이라 쓰인 글귀가 양쪽에 붙어 있었다. 틀림없는 입춘入春 방榜인 것 같은데 입춘이 지난 지도 너덧 달이니 종이색은 변하고 더러워도 먹으로 쓴 글씨는 아주 선명했다.

　보통 2월 4일 입춘 절기에는 혹독한 겨울 우리네 가난하고 헐벗었던 삶에서 새봄을 맞이하는 간절한 소망과 환영의 뜻이 담긴 입춘대길이란 방을 써서 대문이나 문설주 등에 골고루 붙어 희망찬 새봄을 맞이하는 것이 조상 때부터 전해 온 연례행사이다.

　그런데 이건 난데없이 入魚 鬣隊譱이라니 우선 글씨들이 재미있다. 입춘과 함께 고기들이 떼를 지어 몰려오는 형상이다. 매서운 추위와 배고픔에서 봄을 몹시 기다렸을 가난하고 고단했던 조상들의 절박함이 서린 入春大吉에 비하면, 여기 고기들이 매달린 입춘대길은 유머러스하기도 하고 멋스럽기도 한 것이 그냥 한껏 여유를 갖게 했다. 入春大吉보다 스케일이 달랐다. 은색 비늘을 번득이며 질서정연한 포말의 곡선을 그리는 고기떼가 그물 안으로 빨려 들어 반짝반짝 파닥파닥 만선의 기쁨과 가슴 뛰는 흥분으로 나를 몰아세웠다. 특이한 발상이다. 기 천년의 입춘 역사를 바꾼 자가 도대체 누구일까.

나이는 들어도 우리는 친구들과 함께 모였다 하면 참을 수 없는 호기심은 물론이고 철딱서니 없는 용기까지도 못 말린다. 철들자 망령이라는데 그 경지도 멀지 않은 것 같다.

간판도 없고 건축의 기본도 무시된 듯 입구도 모르겠고 빈틈 사이로 안을 들여다보니 꾀나 넓은 교실 같은 공간에 작업대도 보이고 벽면에는 많은 연장들이 즐비하게 걸려 있었다.

그것들은 매우 정돈된 진열이었으며 연장 하나하나를 자세히 보니 닳았거나 더러는 부러지기도 했고 거의 모지라져 있었다. 갖가지 쓰임을 말해 주듯 흐트러짐 없이 꼭 군대 내무반처럼 정돈되어 얼른 봐도 사용자의 고뇌와 땀의 흔적이 배어 적잖은 상처를 입고 있었다. 또 철저한 절제와 역할의 소중함도 느끼겠고 오래도록 사용하면서 애증이 젖어 있었다. 낡고 오래된 것은 연장뿐만 아니라 작업대도 마찬가지였다. 칼자국 끌자국 등 상처는 말할 것도 없고 세월로 인한 본래의 색이 아닌 것으로 수많은 실험과 창작의 역사가 덕지덕지 묻어 있었다. 연장들의 상처가 저러면 그 연장들을 다루는 손길은 얼마나 질곡이 깊을까. 틈 사이로 들여다본 놀라운 세상이었다.

우리가 밖에서 들여다보고 서성되며 떠든 소리 때문인지 안에서 문이 열렸다. 주인을 확인하는 순간 우리는 동시에 너나 나나 할 것 없이 어안이 벙벙해지고 시쳇말로 까무라치기 일보 직전이 되었다.

180cm 정도의 훤칠한 키, 깨끗한 마스크, 희고 창백한 피부는 좀 서양스럽기까지 했다. 후줄근한 카키색 작업복 차림인데도 멋이 있었다. 면도도 하지 않은 상태지만 진한 눈썹하며 한 40대 중반은 되어 보이는 첫눈에 봐도 지성과 우수가 깃든 보기 드문 미남이었다.

고뇌하는 젊은 예술가, 조각하는 미남 사나이, 핸썸한 차도남. 그 어떤 것도 다 그에게 어울리는 대명사들이다. 꼭 어느 명작 영화에 나오는 주인공이 우리 앞에 나타난 것 같았다.

우리가 안내 받은 작업실 옆방은 창작 설계실 같은데 완성된 작품들이 많았다. 구경도 하고 설명도 듣고 차도 마시면서 다른 세계를 공부하듯 좋은 화제로 즐거운 시간이 되었다. 결혼 질문에는 바쁘다는 대답이었지만 사연은 있을 것 같았다. 좋은 인상으로 침착하고 어쩌다 보여주는 미소는 황홀하다 못해 거의 살인적이었다.

우리의 갑작스런 방문은 불청객일 수도 있지만 외길을 택한 젊은 예술가의 일상에는 적잖은 파문일 수도 있는데 본인은 의외로 겸손했고 오늘 좋은 인연을 감사했다.

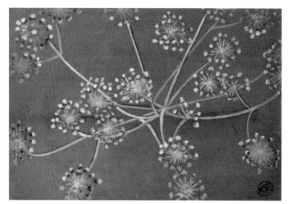

봄 1 2F 장지채색

봄 2 2F 장지채색

모든 예술이 그렇듯 많은 고뇌의 시간 속에서 이루어진 것이라고 다 그가 추구했던 목표는 아닐 것이다. 실패와 좌절이 그를 얼마나 괴롭힐까. 로댕, 미켈란젤로, 비겔란트, 이들의 생애라고 결코 불행한 것만은 아닐 것이다. 부디 이 청년도 그 대열에서 손색없는 행복을 바랄 뿐이다. 입춘대길에 달린 고기처럼 그물이 찢어지도록 만선의 기쁨과 행복을 맞을 것이다.

좋은 만남, 좋은 시간을 보낸 것이 고맙다고 하니 더욱 고마웠다. 우리는 귀중한 체험인 동시에 아직도 아름다운 꿈을 잃지 않았음도 알았고 신선한 예술혼을 공급 받은 모처럼의 기회였다. 아름다운 하루였다.

그때 돌아오면서 만약(어디까지나 만약이다.) 뒤를 돌아봤다면 들판에는 과꽃만 흐드러지고 그 건물은 흔적도 없는 현상이 펼쳐지지 않았을까. 이상한 생각이 들었다.

어머니의 시선

언제부터인가 냉장고에서 소리가 나기 시작했다. 그냥 평범치 않게 기복이 있었지만 듣고도 관심을 갖지 않은 건 사실이다.

낮에는 잘 모르겠는데 밤이면 그것도 다 잠든 다음 밤이 깊으면 깊을수록 짜증 같은 소리를 지르기도 했다. 그 소리가 그렇게 괴로운 신음소리라고는 생각지도 않았다. 늦도록 잠도 자지 않고 무얼 하는지 들락거리는 무심한 주인에게 나름의 가슴앓이의 호소였는 모양인 데도.

실은 냉장고 나이를 잘 모른다. 스물 몇 살인지, 스물다섯 정도인 것 같기도 하고 케비넷형이 처음 시판되었을 무렵 정도로만 기억된다.

여름 들어서면서 냉장고가 며칠째 더 높은 소리로 보채 듯 숨을 몰아쉬고 나름 괴로워해도 어느 누구도 그의 어디를 염려는커녕 관심도 없이 몇 날을 그냥 보내면서 '야채칸에 채소가 왜 얼었을까. 두부도 얼고 A.S 좀 받아야겠네' 정도로 그저 지나쳤다. 행동으로 옮길 생각은 꿈에도 없었다.

그날은 아침부터 날씨가 덥다 못해 찌는 것 같아서 나가지도 못하고 거실에 퍼져 신문만 뒤적이는데 냉장고에서도 헐떡헐떡 위잉위잉 하는 소리가 꼭 힘든 노인들의 호흡 같기도 했다. 기계나 사람이나 더위는 다 힘들구나 싶었다.

조금 후에 아주 찢어지듯 애 끓는 고음이 울리더니 뚝! 하고 멈췄다. 꼭 칭얼대던 아기가 잠이 든 것처럼 집 안은 물론 세상이 조용해졌다. 숨소리도 없고 어처구니없는 정적은 섬뜩하기까지 했다. 틀림없는 기절 아니면 절명 상태였다.

오랜 시간을 혼자서 그 고통을 밤낮으로 괴로워 하다가 오늘 안주인이라도 집에 있으니 더는 못 참겠다는 응석인지 한계를 드러냈다. 틀림없이 임종을 고한 것이다.

사망한 냉장고는 더 이상 냉장고 구실은 끝났다. 다급히 A.S를 부르고 응급조치를 위해 냉장고 속을 모두 꺼내기 시작하였다. 먼저 냉동실부터 치우는데 놀라지 않을 수가 없었다. 봉지 봉지에는 뭐가 뭔지도 모르겠고 또 알아 봐야 꽁꽁 돌맹이가 돼서 떡이고, 고기고, 흰 가루, 붉은 가루, 뻐드러진 생선, 그들은 모두 이름 모를 미라를 연상케 했다.

냉장고 나이도 모르듯 누가 언제 무엇 때문에 보관했는지 아니면 유기했는지 유통기한이고 제조일자 같은 것은 아예 없는 무방비 상태였다. 종류도 많지만 양이 어마어마했다. 소쿠리에 산처럼 쌓아 놓고 이번에는 냉장실을 정리했다. 역시 냉동실에 버금가다가 작은 차이로 앞섰을 뿐이다.

젊은 기사의 긴급진단 왈 '모터가 수명을 다 했다' 고 했다. 이 푹푹 찌는 날 냉장고를 사러 나가야 하다니 당장 저 산더미처럼 토해 논 물건들을 어쩐단 말인가. 기가 막히고 코가 막힐 지경이다.

그러나 숙달된 기사님은 날렵한 솜씨로 냉장고를 분해하기 시작하는데 해체된 냉장고 속은 완전 빙벽을 이루었고 두껍게 쌓인 만년설은 적지 않은 연륜을 증명이라도 하듯 어쩌면 구석구석 시커멓게 쌓인 더러움은 이십여 년 건강진단 한 번 없이 부려먹기만 한 악덕 주인이 이제 무엇으로 사죄해야 할지 참으로 더 기가 막혔다.

인권유린이니 처우개선이니 노동착취 등 모두 내게 해당되고 완전 고발감이다. 냉장고권 보호단체라도 있다면 당장 지탄의 대상으로 죄를 면치 못했을 것이다.

무관심 속에서 모든 것을 우선 먹든 안 먹든 집어넣고 보잔 식으로 처맡기기만 한 채 잊어버리니 언제 한 번 그의 포화상태의 가슴앓이를 단 한줌이라도 염려해 봤단 말인가.

미안하다. 참으로 미안하다.

빠른 판단 아래 초인적인 실력을 발휘하는 기사는 심장인 모터를 교체하기 위해 먼저 빙벽을 망치로 깨는데 그 세심한 솜씨, 날렵한 동작은 꼭 유능한 클라이머를 방불케 했다.

얼음 조각이 튀기고 만년설이 녹아내려서 부엌 바닥은 한강수를 이루는데 뒷정리를 도우며 그래도 양심은 있어서 가책을 느끼며 긴장된 조수 역할로 더위도 잊고 열심히 심부름을 했다.

기사는 죽은 냉장고를 소생시키기 위해 고도의 기술을 발휘하느라 긴장감은 물론이고 사력을 다하고 있었다. 사느냐 죽느냐 문제는 인간이나 기계나 다를 게 없다고 본다. 정적 가운데 칼 소리 가위 소리만 들리는 수술실의 긴박감이 우리 부엌에서도 계속 되었다.

얼마를 정신없이 초조함이 흐른 다음 마치 심장을 벌름거리고 숨을 몰아 뱉고 깊은 잠에서 깨어나듯 냉장고는 눈을 뜨고 죽음에서 헤어나고 있었다. 아, 살아났다. 고맙게도 다시 살아나 주었다.

만약 그대로 가서 끝났다면 얼마나 마음이 아프고 죄책감에 괴로웠을까. 또 경제적으로도 감당이 있었을 테고…. 고마운 점이 한두 가지가 아니었다.

허여멀끔한 게 피곤함이 역력해 보였는데도 별 일 아닌 것처럼 벌려놓은 사실들을 조용히 내려다보면서 질서있게 원상 복구하기를 기다려 주었다. 그간의 푸대접이나 무관심에 대한 원망 같은 것도 있을 법 한 데도 내색이라고는 찾아볼 수가 없다. 이 점이 더욱 나를 부끄럽게 했다.

말이 이십 년이지 가전제품이 십 년만 넘겨도 나름의 수명으로는 한계에 다다른 고령으로 취급되는데 요즘은 기술이 고도로 발달하여 made in korea는 전 세계가 알아주는 명품 브랜드가 된지 이미 오래다.

십 년 사용 성능 기능에는 문제가 없는 것 같은데 날로 바뀌고 발전하는 변화의 시대에 새로움을 추구하는 디자인이니 시대감각이니 예술성 등은 소비자의 변덕인지 생산자의 상술인지 알 수 없지만 다 수요와 공급의 충족에 의한 동반 책임인 것 같다.

친절하고 숙달되고 전문적인 고도의 기술로 우리 냉장고는 재생의 생기를 다시 내뿜으니 얼마나 고마운지 눈물겨웠다. 새로운 삶의 희열을 맞은 냉장고가 그렇게 소중할 수가 없다.

인간이 드나드는 병원에도 실력 있는 전문의를 등용하고 정확한 진단 빠른 치료는 생명과 직결되니 결국 사회는 각자의 충실한 톱니바퀴가 함께 어울려 거대한 힘이 돼서 끊임없는 역사가 창출되고 있음을 알겠다.

청소가 끝나고 정리 정돈된 냉장고는 오랜만에 단장한 엄마의 모습이다. 세상에는 고마운 것이 많아도 모르거나 잊고 사는 것이 너무 많다. 시원한 물을 공급해 주고 얼음까지도 항상 만들어 주고, 외출하고 돌아오면 엄마보다도 먼저 냉장고에 매달리며 자란 우리 아이들도 그렇다.

때로는 싱싱한 초원이고, 때로는 출렁이는 바다였고, 또 시원한 하늘이기도 하다. 언제나 그 자리에서 부족함을 나무라는 일도 없고 그렇다고 비웃지도 않으며 항상 포용하는 어머니의 시선으로 바라본다.

우리 만남은 우연이 아니야

　서부와 동부 간의 시차가 3시간이라 하니 과연 넓은 땅덩어리가 실감이 났다. 여행 집결 장소는 뉴욕 케네디 공항이어서 우리는 새벽부터 서둘렀건만 비행기로 4시간 만에 도착하니 이미 짧은 겨울해가 기울고 있었다. 먼저 와서 기다리는 낯선 일행들과 합류하여 호텔로 이동하는데 말로만 듣던 허드슨 강을 지날 때는 석양의 낙조가 자락을 거두기 시작하는 데도 너무도 아름다워 말로 다 할 수 없는 감회에 젖어들기도 했다. 여행은 역시 감동이고 새로움에 대한 설렘으로 마냥 행복했다.

　호텔에 여장을 풀고 나와 저녁식사를 마치고 나니 마침 오는 날이 장날이라고 12월 24일 크리스마스 이브였다. 더구나 뉴욕에서 크리스마스를 맞이한다는 것은 보통 행운이 아니었다. 우선 브로드웨이를 관통하는데 42번가까지 걸어서 화려한 야간도시의 진수를 유감없이 감상한 것도 대단했지만, 세계서 제일 번화하다는 금융가가 밀집한 맨해튼 록펠러 재단 앞에 화려한 성탄 추리도 세계서 가장 아름다운 추리라고 했다. 어쩌면 세계인의 정류장 같기도 한 뉴욕이지만 미국이란 자체가 세계 최대 강국이니 그 나라에서 최고는 곧 세계의 최고 일 수밖에. 부럽기도 했지만 질릴 정도로 세계 제일이 많았다.

그 세계 제일 앞에 이외로 조그만 스케이트장에서 남녀 청춘들이 청혼 프로포즈와 사랑 고백 이벤트를 하는데 크리스마스이브를 맞아 하는 특별행사라고 했다. 매우 이색적이고 자유분방함은 꼭 영화를 보는 것 같고 이것이 미국의 풍속이고 젊음의 진면목을 보는 것 같았다.

밤이 늦도록 구경하는데 너무 재미있어서 시간 가는 줄도 모를 지경이었다. 역시 크리스마스는 어느 나라나 젊은이들의 전유물인 것은 똑 같았다.

그래도 모든 것이 세계 제일이라 자랑하는 뉴욕이지만 크리스마스 이브가 의외로 검소했고 차분한 성숙된 모습은 다시 한 번 대국의 저력과 문화국민의 수준을 알 수 있었다.

그래서 많은 세계 지성들이 크리스마스를 멋과 낭만의 뉴욕에서 보내기를 바라는지도 모른다. 이번 여행은 시작부터 강행군이 되었지만 생각지도 못했던 성탄절 보너스에 모두들 대만족이었다. 비록 저무는 내 인생에도 뉴욕 밤거리의 낭만은 화려한 저 성탄 추리 못지않게 마무리를 장식한 셈이다. 그 정류장에 잠깐 머물지언정.

다음날 아침 호텔 로비에 둘러앉은 일행들은 어젯밤의 감격은 조용히 가슴에 묻은 채 부족한 잠으로 피곤이 역력해도 빠짐없이 다 모였다. 다음 이어질 순서를 기다리는데 옆에 앉은 이들끼리 서로 인사 나누고 '어디서 왔는가?' '언제 이민 왔는가?' '고향은 어딘가' 등등 서로 소통하다가 한 남자가 우리 내외가 쓰는 사투리 억양을 듣고 고향이 경상도인 것을 알아보고 자기도 경주가 고향이라고 했다.

그 말에 나도 경주는 교사 초임 발령을 받은 곳이어서 고향 못지않게 그리운 곳이라 했더니 당장 "장영교 선생님 맞으시지요? 선생님 저 이경우 일학년 때…."

깜짝 놀랐다. 너무 의외의 질문에 당황스럽고 얼떨떨해서 이 경우가 누군지 영 알아볼 수가 없었다.

이미 그도 머리는 희끗한 반백이고 부인과 건장한 청년 아들 둘과 함께 가족여행 중이었다. 안정된 여유로 봐서 적은 나이는 아닌 것 같았다.

다 변한 모습에서 어린 시절의 이경우를 기억해 내기란 한강 백사장에서 바늘 찾기만큼이나 어려웠지만 이경우, 이경우, 머릿속으로 부르면서 기억은 경주로 달려가 헤매기 시작했다. 한 장 한 장 그때 그 시절을 앨범이라도 넘기듯 하는데 찾았다.

"맞아 맞아 이경우. 우리 반 반장이었고 또 아파서 장기간 결석해서 몹시 걱정했던 게 생각났다. 그 이경우가 맞는 거야"

나는 보석을 캐듯 하나하나 떠올렸다.

"예 맞아요. 홍역으로 결석했어요. 맞습니다. 선생님, 다 기억하시네요. "

서로 얼싸안고 확인이 다 되었지만 보고 또 봐도 어렸을 적 경우의 모습하고는 이어지지 않았다.

변해도 이렇게 변했을까. 겉모양은 중요하지 않았다. 다만 강물 같은 세월이 멈추지 않고 흘렀을 뿐이다.

정확히 52년 만의 우리의 재회는 나 혼자만의 자랑이라기보다 그 날 여행 가족 모두에게도 아주 신선하고 축복받는 풍경이 되었다.

경우의 가족이 큰 절을 하는데 받아야 할지 부끄러웠지만 이 감격은 같이 간 남편한테도 더 없는 선물이 되었다. 또 이민 생활 30년째 그들 가족에게도 감격적이고 아름다운 추억이 되었을 것이다.

세상 살면서 보람과 감격은 누구에게나 있을 수 있지만 아무리 생각해도 이런 행운이 나에게 안긴 것은 교사였기에 얻은 값진 열매인 것 같다. 생각해보니 교사란 직업을 한 번도 후회한 적은 없었지만 그렇다고 만족한 적도 없었다. 정작 현직에 있을 때는 몰랐던 가치를 이제 그 곳을 한참 떠나 보니 이렇게 자랑스러울 수가 없다. 교사는 나의 천직이었음을 깨달아 본다.

모든 보람이 한꺼번에 파도가 되어 밀려와 덮친 것처럼 벅찬 감격이다. 이 넓은 세상 뉴욕에서 우리의 만남은 우연이 아니었다. 50여년의 세월은 흘렀지만 지난날의 아름다웠던 추억들은 변함없이 우리의 가슴속에 간직되어 있었기에 다시 기억하고 만난 것이다.

아름다웠던 소년도 세월에 밀려 귀여웠던 그 모습은 사라져 비록 늙어 주름졌지만 우리는 따뜻한 손을 잡고 만남을 감사했다. 건강한 모습으로 만나게 된 것이 너무나 고마웠다.

선릉에서 20 F 장지채색

종착역

    고향이라면 조상 대대로 살아왔고, 선산이 있고, 거기서 태어나고 자라면서 추억이 쌓인 곳이지만 그곳은 엄밀히 따진다면 아버지의 고향이다. 그렇다고 나의 추억이 영 없는 것은 아니지만. 고향이라면 적어도 같이 자란 친구가 있어야 하고, 아름답던 그렇지 않던 추억이 있고, 만약 사진이라도 있다면 고향자격은 충분히 갖췄다고 할 수 있을 것 같다.

    이번에 우연히 찾게 된 모교는 백주년을 맞는 행사로 분주했다. 오랜 세월도 흘렀지만 졸업하고 60

년 만에 처음 찾으니 매우 낯설었다. 바다처럼 넓어서 끝이 보이지 않던 운동장이 손바닥 같고 도저히 실감이 나지 않았다. 그만큼 안목이 넓어진 걸까.

전시 중인 옛 사진에서 그때 졸업 사진을 발견했다. 순간 60년 전 졸업식 장면이 필름처럼 펼쳐지면서 그 식장 캐츠프레이즈로 '대한은 나의 조국, 중앙은 나의 모교' 라고 쓴 아취의 글귀가 생각난다고 하니 일행들이 비상한 기억력이라며 놀라워했다.

짧은 글귀지만 간결하면서도 조국을 사랑하고 고향을 잊지 말라는 부탁인 것 같았다. 한 구절의 글귀가 어린 가슴에 새겨져서 핏속에 용해되었다가 세월이 흐른 지금 다시 꽃으로 피어난 것처럼.

그때 졸업식장은 "잘 있거라. 아우들아, 정든 교실아" 목이 메어 눈물바다를 이루었던 감동도 생생하고 마치 어제 일 같은데 60년의 세월이 흐르다니 사랑하는 조국도, 잊고 살았던 모교도 영원한 고향임을 가슴 깊이 사무치게 했다.

많은 세월을 떠돌아다닌 타향살이였다. 그동안 다사다난 우여곡절 등등 나름의 성취도 행복한 시간도 다 생활의 방법이며 수단이었을 것이고 그저 평범한 시민으로 별 탈 없이 개인사를 꾸려온 것은 그나마 다행으로 생각한다.

이제 현역에서 물러난 지금 자식들도 다 떠나고 복잡한 서울을 지키고 있을만한 이유도 사라지고 조용한 안식처(?)가 없을까 물색하던 차 공기 맑고, 강이 아름답고, 야트막한 산도 가까이 있고, 서울이 그리 멀지 않고, 교통도 전철이 있어 편리한 곳을 찾아 새로운 고향의 뜻을 심기로 했다.

우선 매일 강변을 따라 산책하니 건강에 도움이 되고 인생을 돌아볼 수 있는 좋은 시간을 갖게 되었다. 흐르는 강물은 마음을 씻겨주듯 항상 편안하다. 자연과 함께 지낸다는 것은 절박하지 않고 풍성한 은혜를 듬뿍 받는 기분이다. 한결 여유롭고 감사한 기도가 절로 우러난다.

가지가지 야생화를 만날 수 있고 새들의 노래 소리도 아름답다. 개망초가 그렇게 아름답고 예쁜 꽃인지도 사실 여기 와서 확실히 알게 되었다. 또 새소리라고 다 아름답기만 하지 않다는 것도 역시 여기서 얻은 새로운 지식이다.

목이 쉰 듯 하고 저음으로 버버억벅 버버억벅 내는 소리는 흉내도 잘 못 내겠다. 숲 속에서 나타나지도 않으면서 우는 것 같기도 하고 불만을 내뱉는 듯도 하나 통 알 수 없지만 분명 즐겁거나 노래로는 들리지 않았다. 음성으로 봐서는 아마도 새 종류 중에도 덩치가 있는 것 같다. 부엉이 정도는 되지 않을까 싶은데 부엉이도 그렇게 곱거나 예쁜 목소리는 아니더라도 이 목쉰 이름 모를 친구에 비하면 부엉 부엉은 귀에 익어서 그런지 즐겁거나 명랑하지는 않아도 정답게는 들린다. 그런데 이 친구는 깨진 질그릇 소리라고 할까 탁음이고 목을 긁어내는 듯도 하고 꼭 막걸리 먹고 장터에서 행패 부릴 때 내는 소리라면 좀 심했나. 하여튼 불만 섞인 소리지 노래로는 들리지 않았다.

거의 모든 새소리는 뻐꾸기처럼 애절하기도 하고, 또는 간드러지는가 하면 고음이 많고, 별별 특색 있는 청아하고 고운 소리를 뽑내

듯 노래하는데 생전 처음 들어보는 이 친구의 음성은 아무리 생각해도 노래는 아닌 것 같다. 어떻게 생겼으며 누군지 매우 궁금하다. 정말 무슨 불만이라도 있는 걸까? 하소연 같으면 내용이 무엇일가?

하루는 해 질 무렵 혼자 걷고 있는데 좀 짙은 숲 속에서 갑자기 푸드득 날갯짓하는 소리가 들리더니 그 진기한 목소리로 딱 한 번을 내질렀다. 버버억벅! 깜짝 놀랐지만 반가웠다. 건재함을 알리는 것 같았다. 어쩌면 혼자 걷고 있는 나에게 아는 체를 하는 것 같기도 해서 긴장을 하고 혹 다시 만날 기대를 갖고 한참을 살폈건만 다시는 기적이 없었다.

실망은 했지만, 일부러 몸을 감추고 오히려 숨어서 나를 보고 있는 것 같은 기분이 들었다. 한참을 기다렸지만 끝내 소식이 없다. 섭섭하기도 했지만 재미있는 일일지도 모른다. 서로 교감이라도 혹 이루어지지나 않았나 기대해 본다. 이 여자가 자기한테 관심을 갖고 있다는 것을….

사람의 목소리도 저마다 개성이 있어서 고운 목소리는 칭찬을 받고 아나운서나 성우 직업을 갖기도 하지만, 어떤 이는 사기그릇 깨지는 소리라든가 심지어는 시끄럽고 재수 없다는 목소리도 있다. 지금 이 목쉰 새도 특이한 자기 목소리를 고민하는지도 모른다. 눈에 띄지 않게 숨어서 나타나지 않는 걸 보면 심한 목소리 콤플렉스를 앓고 있는 것 같다.

탤런트 한 분이 독특한 개성이 담긴 음성으로 사극에서 무섭게 화난 역할을 할 때 내는 목소리와 비슷해서 혼자 웃기도 했다.

새로운 고향을 맞아 자연의 친구들과 더불어 사는 재미에 공을 들이고 싶다.

이슬 머금은 달개비 꽃의 화려하고 신비로움, 며느리 밑씻개의 단아하고 아름다운 별꽃, 아기똥풀 꽃의 산뜻하고 샛노란 귀여움, 민들레의 신비한 솜털을 따라가 보고픈 시간이 사뭇 소중하다.

조용히 흐르는 강물 위로 이따금 한 번씩 뛰어오르는 생동감 넘치는 은빛 물고기의 묘기, 강 한 가운데 만들어진 예쁜 섬들, 이름 모를 물새들의 다정한 애정 파노라마.

이제 곧 서쪽으로 떨어질 해는 먼저 강물에 잠겨 본다. 최후를 위하여 아름다움의 극치를 찬란하게 강물에다 그리고 있다. 하늘뿐만 아니라 온 강을 아주 불을 지르는지 새빨갛다.

나의 삶도 분명 황혼에 접어들었다. 내 마무리 모습은 어떤 모양으로 어떤 색깔로 비칠까 저렇게 찬란하거나 아름다움은 감히 기대하지도 또 그렇게 될 수도 없겠거니와 그저 부모님의 자식이었고, 한 사람의 아내로, 자식들의 어미로, 또 사회의 일원으로 최선을 다했다면 그 모습으로 남겠지. 이런 생각 자체가 왠지 씁쓸하다.

아직도 목 쉰 그 친구가 궁금할 뿐이다. 나름의 사연이 있을 터인데 들어주고 싶다.

비록 내 평범한 삶의 종착역이 되겠지만 새로운 고향을 아름답게 만들고 싶다.

종착역도 새로움일 수 있다. 여기서 시작이다.

사추기思秋期

　아무리 생각해도 누구나 한 번쯤은 앓는다는 사춘기思春期가 나에게도 있었는지 기억이 나지 않았다. 오래 전이기도 하지만 그때는 전후戰後라 사춘기란 말도 들어 보지 못했다. 고작 소설에 미쳐서 공부를 등한시한 것은 기억이 난다. 그것이 사춘기에 해당되는지는 잘 모르겠다.

　그 후 살면서 청춘도 있었고, 중년도 지났고, 나이를 먹으면서 주변에서는 모두 갱년기라고들 했다. 더웠다 추웠다 감정 조절에 이상이 있고 우울증 등 여러 가지 증세에 심지어 병원 신세를 지기도 한다 하여 곧 나에게도 닥쳐오려니 했었는데 어언 칠십도 훨씬 넘겼다. 둔해서 그런지, 모자라서 인식을 못했는지 갱년기 또한 나와는 별 의미가 없었다. 한 때는 시간이 없어서 아플 겨를이 없을 만큼 참으로 치열한 세월을 보냈으니 갱년기마저도 나에게는 용납이 되지 않는지 모른다.

　사춘기, 갱년기 다 어느 시기가 되면 한 기간 동안 일어날 수 있는 정신적 신체적 변화이기도 하지만 그것은 틀림없는 성숙의 과정이라고 생각한다. 아픈 만큼 성숙한다는 말도 있지 않는가? 그래도 조물주가 인간에게만 특별히 부여한 생체리듬이라고 볼 수도 있다.

자연에도 봄 여름 가을 겨울의 계절이 나누어지고 그에 따른 변화와 특징이 나타나는데 어째서 그 모든 것을 하나도 받아들이지 못했으니 자연 현상으로 말하자면 순연치 않았음이요, 곧 미숙함이고 부족한 상태가 아니겠는가.

행복이나 불행을 떠나서 그것이 어떤 형태이건 간에 과정도 놓쳤고 체험의 기회도 갖지 못했으니 긴 안목으로 볼 때 내 삶에는 그만큼 채워지지 못한 부족임이 분명하다.

교육도 과정이 결과 못지않게 중요한데 역시 귀중한 것을 놓친 것은 틀림없다.

요즘 겪고 있는 증세는 정확하다. 기억력이 떨어져 잘 잊어버리고 시력이 약해졌는지 자주 피로하다. 사춘기 갱년기는 놓쳐도 노년기는 확실한 것 같다.

어쩌다 이렇게 되었는지. 언제 이토록 멀리까지 왔는지 참으로 당황스럽다. 왜 여기까지 왔는지 누구를 원망도 할 수 없고 핑계도 생각나지 않는다. 허무한 것일까. 지금 심정은 꼭 집 잃은 미아처럼 불안하고 두렵다. 항상 초조하고 시간이 몹시 아깝다. 하루가 얼마나 빨리 지나가는지 세월의 속도는 나이하고 비례한다는데 점점 고속도로를 달리고 있다.

고이 잠든 저 바다는 그의 신비 가득 찼고

내 맘속에 잠시라도 떠날 때가 없도다
돌아오라 이곳을 잊지 말고
돌아오라 쏘렌토로 돌아오라

가극 왕 카르소의 호소력은 너무 멀리 온 나를 돌아오라고 하는
것 같이 들린다. 답을 찾지 못하는 나를 불러 주었다.
그 아름다운 쏘렌토로 다시 가고 싶다.

"여보, 멋진 연애를 하고 싶어요 아주 멋진"
남편은 나를 사추기思秋期라고 했다.

동갑내기

어렸을 때 우리 집에는 좀 특별한 다듬잇돌과 다듬이 방망이 한 쌍이 있었다. 그 시절에는 집집마다 지금의 세탁기처럼 필수품으로 비치되었으니 생각하면 다 격세지감을 금치 못한다. 그 다듬잇돌이나 방망이에는 조각이 정교하고 모양이 아름다워 예술적인 면모가 뛰어났다. 다듬잇돌은 윗면이 검은색인데 결이 곱고 사방으로 흘러내리듯 조각이 되었고, 밑으로는 아치형처럼 가운데가 약간 파이면서 양쪽이 기둥에 해당되지만 껑충하지 않고 나지막하니 흰색에 가까운 연회색 같기도 한 속살이 드러나 있었다. 몸 전체가 튼실하게 두껍거나 돌이라도 미련하지 않은 다듬잇돌 치고는 날씬한 편이었다.

그 양쪽 앞뒤 사방에는 한문 글귀가 새겨져 있었는데 아마도 수복강령이나 부귀다남 같은 좋은 내용 같은데 원체 달필이기도 하고 무슨 글자인지는 기억나지 않는다. 어디 물어 보고 싶어도 이미 부모님도 안 계시고 그나마 기억할 수 있는 형아 마저 세상을 떠났으니 그저 서글프기만 하다.

그 당시 우리 집을 방문하는 사람들은 그 다듬잇돌의 아름다움에 칭찬은 물론 감탄하지 않는 이가 없을 정도로 모두의 입에 오르내렸다. 그 뿐만 아니라 세트인 다듬이 방망이가 또 걸작이었다. 색깔은 좀 진한 밤색에 가까운데 재질도 좋은 나무인 것 같다. 손잡이 부분이 몸통과 구별되게 조각이 되었고 뒤로 약간 나팔 형으로 퍼지는 듯 하면서 방망이 양쪽 끝이 도도록하게 동전 크기 정도로 무늬인지 글자인지 조각이 되고, 수려하게 내려간 몸통 곡선이 아마도 지금 생각하니 명장의 솜씨가 가장 많이 발휘된 부분인 것 같다.

어머니는 방망이 둘을 검은색 주머니에 넣어두고 일이 있을 때만 꺼내 쓰신 걸로 봐서 매우 소중하게 다루신 것 같다. 또 어머니가 밤 늦도록 빨래를 만지시고 다듬이질을 하실 때는 그 소리가 청아하고 속도를 빨리 하면 할수록 고음이 신비할 만큼 아름답게 들렸다. 한참 열심히 최고의 속도가 돼도 그 소리는 조금도 시끄럽지가 않고 옆에서 동화책을 읽으면 동화 속 주인공과 함께 하는 재미를 더욱 실감했다. 잠든 아기도 깨지 않고 자는 걸 보면 천사 꿈을 꾸는지 리듬을 즐기는지 연신 방긋 방긋 미소 지으면서 잘 잤다. 한참 다듬이질이 끝나고 다시 빨래를 펴서 반듯하게 개킬 때는 빨래의 깨끗한 냄새가 좋아 코를 흠흠 들이마시면서 잠들기도 한 추억이 새롭다.

동네 아주머니들이 다 부러워하고 신기해할 만큼 명물이었으니 지금 생각해도 다른 것은 몰라도 다듬잇돌과 다듬이 방망이만큼은 어느 대갓집이나 부잣집에서도 볼 수 없었던 기품과 예술성을 겸비한 물건임에 틀림이 없었다.

한 번은 친구들이 우리 집에 놀러 왔다가 우연히 방망이를 보고 부자 방망이라 할 정도였고, 그 친구들 때문에 우리 집에 부자 방망이가 있다고 헛소문이 나기도 했다.

금 나와라 뚝딱
돈 나와라 뚝딱

그 후로 호기심에 보여 달라고 조르는 친구들이 떼를 지어 몰려오기도 해서 곤욕 아닌 곤욕을 치른 적도 있었다.

그 다음이 셋트는 아버지가 직접 주문하신 것인데 마침 내가 세상에 태어나는 날 집으로 배달이 되었다고 했다. 나와는 정 동갑인 셈이다.

아버지께 이 동갑들의 사연이나 배경 같은 것들을 들었어야 하는데 너무 어렸고 계실 때 놓친 것이 아쉽다. 틀림없이 이 특별한 작품에는 사연이 있었을 것 같은데 원통할 따름이다.

열세 살 되는 해 6. 25 사변이 터졌다. 피난 갔다가 3개월 만에 돌아오니 나의 동갑내기들은 몽땅 흔적도 없이 사라지고 말았다. 그들은 우리 집 재산목록으로 치면 1 2 3등 안에는 너끈히 들만 한 존재들인 것 같은데 어머니와 우리 식구들에게는 두고두고 아린 상처가 되었다.

그동안 자랑스러운 동갑내기들을 잃었다는 슬픔이 쉽게 잊혀 진 것은 아니었다. 그러고도 60년이 꿈같이 지나고 상처는 아물었을지 몰라도 다시 기억하니 흉터처럼 쑈아 하다. 그 옛날 동갑내기들의 남다른 아름다움과 고결하리 만큼 단아한 자태, 외모만을 사랑했지 그들이 태어나기까지 그렇게 칭찬 받을 만큼 혼신의 힘을 다 한 손길이 있었다는 것은 생각해 볼 줄도 몰랐다. 한갓 다듬잇돌과 다듬이 방망이를 그렇게 아름답게 조각하고 다듬은 그 손길이 있었음을 다시금 생각해 본다.

또 아버지께서 선택하신 높은 안목도 존경스럽다. 그 당시에는 남편들이 아내에게 할 수 있는 최고의 선물이라는 것도 윤오영 수필의 〈방망이 깎던 노인〉을 읽고 깨닫게 되었다. 별나게 금슬이 좋으셨던 부모님 얼굴이 오늘 따라 너무 보고 싶어 몸부림이 쳐진다.

그 수필을 읽으면서 잊었던 동갑내기들을 생각하니 아무리 목석이지만 가족 못지않게 그립고 보고 싶다. 그들은 이 땅 어디선가에서 아직도 사랑을 받고 있을까? 가져 간 자도 가치를 알았으면 영원히 귀한 대우를 하겠지.

어떤 것은 목석같다는데 목석인 너희들이 나를 기억이나 할까마는 부디 너희끼리는 떨어지지도 말고 헤어지지도 말고 같이 잘 있다가 혹 박물관으로 가게 되면 우리 다시 인연이 되어 만나자. 죽기 전에 꼭 다시 만나자.

사랑하는 나의 동갑들아!

주인공

늦은 감은 있지만 이곳으로 이사를 온 것은 아무리 생각해도 잘한 것 같다. 강이 아름답고 강 건너 도시 불빛이 그렇게 찬란할 수가 없다. 동산 사계절이 때마다 절경으로 바뀌고 공기가 맑고 바람이 시원하다. 이런 조건들은 한 치의 망설임도 없이 정착하기로 마음을 굳혔다. 근래 한 일 중에서 가장 잘한 결정이라고 생각된다.

살던 곳을 고향이라고 하면 앞으로 살 곳도 역시 고향이 될 수 있으니 말년에 좋은 고향을 다시 얻게 된 것이 감사하다.

강변 산책길은 유용하고 풍부한 자연 학습장이며 사색의 광장이기도 하다. 또 건강도 함께 보장해 주는 운동의 장이다.

수많은 풀꽃 잡초들은 예쁘든 그렇지 않든 어린 시절 소꿉친구를 다시 만난 것처럼 반갑고 행복하다. 자연은 항상 풍요로워 새소리, 벌, 나비, 하루살이의 군무까지도 새삼스럽고, 반짝거리며 빛나는 강물은 신비할 정도로 아름답다. 소꿉친구의 이름을 다 기억하지 못 하듯이 잡초들의 이름을 몇 가지나 알고 있을까.

六月 20 F 장지채색

어린 시절부터 얼굴은 익혔어도 이름을 모르는 잡초들이 많았다. 그 중에도 잎이 시원하게 길죽하고, 넓은 편이며, 모든 잡초들 중에 우뚝하게 키가 크고, 윤기도 있고, 색깔도 선명하고, 건강하게 잘 자라고 있으나 역시 이름도 성도 알 수는 없었다. 다른 잡초들처럼 꽃을 피우는 것도 아니고 잎 모양 마저도 예쁘려고 노력하는 것 같지도 않고 생긴 대로 강변길 따라 지천으로 자라고 있었다.

처음 이곳에 왔을 때는 망초꽃을 위시한 야생화의 아름다움에 푹 빠져서 거들떠 볼 겨를이 없었는데 자세히 보니 잡초 중에도 군계일학이라 할까. 예쁠 것도 없는데 싱싱하게 잘 자라고 있는 모습이 좋았다. 별 매력은 없어도 순수한 것이 진실해 보여 잡초도 관심을 갖고 보니 속사정이 들여다보이고 어쩐지 애착이 갔다. 불평 없이 무던해 보였고 생긴 대로 만족해 하는 것 같은 외모가 마음에 꼭 들었다.

간사하거나 튀는 것에 영 재주도 없는 덩치만 커다란 나하고 너무나 닮아서 마음이 저절로 통해졌다고나 할까. 동병상련까지는 아니나 일맥상통할 수 있는 점이 있었다. 이만하면 잡초지만 친구가 되어 마음을 나누고 답답하거나 외로울 때 뛰쳐나가서 만날 수 있는 말벗으로 손색이 없을 것 같다.

식물이나 동물이나 못나고 소외된 것이 더 마음이 가는 것은 어쩌면 열등의식의 발로인지도 모른다. 그럼 나도 열등쟁인가.

한동안 외톨이처럼 버버억벅 하고 쉰 목소리를 내는 새가 그리도 마음에 걸렸는데 이번에는 이름 모를 잡초가 내 마음을 그냥 두지 않았다. 꽃을 피운 것도 아니고 잎 모양이라도 예쁘다면 몰라도 그저 미역처럼 너풀너풀한 정도인데 그야말로 매력이라고는 눈 씻고 봐도 없었다. 그래도 기죽거나 고민하는 빛도 없고 그저 건강미가 좋았다. 평범 속에 깃든 진실이 보였던 것이다.

우선 사진부터 찍었다. 모르기는 해도 많이 당황했을 것이다. 난생 처음으로 모델이 된 것이 얼마나 쑥스러웠을까. 당연히 당황도 했겠지. 그렇지만 얼마나 행복했을까.

- 정신을 차려라 나는 너를 찜했을 뿐이다. -

누릴 자격은 공평해야 한다. 사실 인간인들 우주란 무대에서 잡초보다 더 위대하면 얼마나 위대할까. 사람의 일생을 풀잎에 비유하는 것은 풀잎을 하찮게 보는 것인지는 몰라도 결코 별 차이가 없다는 것을 말하는 것이겠지.

오늘은 새로운 친구를 내 그림 화폭에다 그것도 제일 가운데 자리를 정하고 보니 언제 제가 이런 대우를 받아나 봤을까마는 나는 정성을 다하고 애정을 쏟아가며 그를 주인공으로 그리기 시작했다.

양쪽으로 하얀 망초, 샛노란 애기 똥풀, 민들레 솜털까지, 앞으로는 몽실한 자운영을 깔고, 예쁜 뫼꽃, 빨간 뱀딸기, 다음으로는 보랏빛 엉겅퀴, 쪽빛 달개비, 분홍 별꽃, 며느리 밑씻개, 재미있는 강아지풀 등등 모두 열댓 가지 야생화를 주변으로 꽉 채웠다.

이들은 나름 아름다운 꽃을 피우고 벌 나비를 유혹하는 교태에도 이골이 나 있었고, 외모를 무기로 많은 사랑을 받으면서 처세에는 물론 경쟁의 능력을 다 갖춘 것이 자만으로 보이기도 했지만 이제는 주연의 좌석에서 옮겨 갔다.

새로운 주인공은 당연히 왕좌에 오른 내 친구가 아닌가. 부끄러워 할 것도 없고 지금까지 살아 온 진실을 그대로 보여 준다면 충분하다. 주인공을 선정했으면 주인공 이름이라도 있어야 할 것 같아 작명을 생각했다. 꽃이 없으니 이름도 없었나. 미역처럼 생겼다고 미역풀이라 하기는 싫고 꾸밈없는 모습이 진실해서 진실이, 건강하게 잘 자라서 멀쩡이, 유월六月에 만났다고 유월이, 길가에 지천이여서 길여. 다 나름 뜻을 갖고 생각한 이름인데 고심 끝에 유월이라고 정했다. 사월이나 오월은 들어 봐도 유월은 정말 괜찮았다. 유월에 만난 기념도 할 겸 부르기도 좋고 또 다정한 어감이 마음에 들었다.

　이제 유월이는 나의 친구이기도 하지만 내 그림 六月의 주인공이다. 많은 화려한 조연에 둘러 쌓여 더 싱싱해 보였다.

　어느날 지인이 내 그림 六月을 감상하더니 소리쟁이를 중심에 두기보다 좀 화려한 큰 꽃으로 했으면 좋겠다고 조언했다. '소리쟁이' 처음으로 듣는 이름이다. 무슨 굿판 각시 이름 같은 느낌이 들었다. 나는 유월이가 너무 좋아 유월이를 바꾸고 싶지도 않았지만 유월이를 주인공 자리에서 끌어내리기는 더 더욱 싫었다.

　처음부터 이름도 모르지만 그 많은 잡초들 가운데서도 순수함이 좋아 물론 어떤 외압도, 추천이나 누구의 청탁도 받은 일이 없이 오직 그의 품격에서 찾아낸 진가를 인정한 공정한 나의 선발이었다.

　유월이는 자신의 실력으로 주인공이 된 것이니 떳떳할 수밖에. 그래서 더 소중하고 좋은 친구로 말년에 얻은 고향에서 내 외로움을 같이 달랠 좋은 짝꿍이 될 것이다.

　작품 六月 속 유월이는 너무도 행복해 보였다.

웨딩 마치

그해 가을 막내딸이 시집가던 날. 부녀가 웨딩 마치에 발을 맞춰서 입장하는 모습은 남편이 그토록 바라던 소원이 이루어지는 순간이었으며 우리 가족의 간절한 기도가 상달되는 날이기도 했다.

아이들이 어렸을 때 남편은 암이라는 무서운 진단을 받았다. 일 년 밖에 살 수 없다는 시한부 인생이 되면서 우리 가족은 여러 가지로 많은 고난을 감내할 수밖에 없었다.

지나고 보니 참으로 많은 것을 잃은 것으로만 알았는데 얻은 것도 있었음을 깊이 감사했다.

건강을 찾기 위한 각고의 노력은 그만큼 우리 삶에서 의지와 인내를 키웠고, 가족의 소중함은 더할 나위 없는 큰 힘이 되었으며 그중에도 하나님을 영접한 것은 우리 인생 최대의 수확이었다.

천 길 낭떠러지 같은 절망에서도 우리가 할 수 있는 기도는 "하나님 막내 시집 갈 때까지 꼭 살려 주세요" 울면서 한 기도였다.

기도하는 방법을 알 리 없는 초보 신자의 넋두리지만 이유는 막내가 시집 갈 때쯤은 위로 오빠 둘의 뒷바라지는 이미 끝났을 것이고, 그 다음 딸의 손을 잡고 웨딩 마치에 맞춰서 결혼식장에 입장하고 싶어서였다. 자식에 대한 책임을 마무리한다는 계산도 있었지만 옛날 스스로 한 약속을 지키고 싶었던 것이다.

지난날 내가 결혼할 때였다. 친정아버지와 결혼식 전날 밤 늦도록 웨딩 마치에 발을 맞추는 연습을 했었다. 왜냐하면 보통 결혼식에 가서 보면 신부는 다들 하나같이 얌전한 건 좋으나 웨딩 마치에는 별 관심이 없고 '웨딩 마치야, 너는 울려라. 나는 나의 길을 간다'는 식으로 얌전한 신부 걸음만을 고수하는 걸 보면, 또 옆에 에스코트하는 아버지와도 전연 다른 박자의 걸음으로 입장을 하는 것이 마음에 들지 않았었다. 차라리 저 걸음에 맞는 곡이라면 '나비야 나비야 이리 날라 오너라'가 어떨지. 나비 잡으러 가는 듯한 신부 걸음에 훨씬 더 어울리는 곡이 될 것이다.

장엄하면서도 아름다운 웨딩 마치!

피아노 선율이 딴 딴 따단 하고 울리면 가슴이 벅차오르듯 눈물이 날만큼 숙연해지기도 한다. 사람이 살아가는데 있어서 가장 아름다운 출발이라서일까. 아니면 인생을 좀 알아서 그런지는 잘 알 수가 없다. 그 신선함에 축복을 보낼 때는 마음속 깊은 당부도 함께하는데 그런 마음은 세월이 가도 마찬가지다.

웨딩 마치의 감동과 아름다움을 살려서 순수하게 맞춰보는 것도 좋을 것 같아서 시집가는 전날 아버지 손을 잡고 우선 4박자를 정확하게 맞추기 위해 하나 둘 셋 넷, 딴 딴 따단. 둘이서 동시에 한 발씩 한 박자에 나가고, 두 박자에 다른 발이 앞지르고, 그 다음 두 발을 모아서면서 셋 넷이 된다.

그때까지만 해도 춤의 정서에는 그리 익숙지 못했던 우리 부녀는 될 수 있는 한 특별한 기교 없이 바른 자세와 가볍고 부드러움을 표현하는 정도였다. 열심히 연습한 덕인지 예식장에서 실수 없이 웨딩 마치에 발을 잘 맞춰 입장했다. 반세기 가까이 지난 그 시절이지만 아버지도 잘 호응해 주셔서 품위(?) 있는, 말하자면 좀 색다른 결혼식을 연출한 셈이다.

그날 하객들은 꼭 영화에서나 보던 장면이었다면서 웨딩 마치가 그렇게 절도 있는 행진곡인지도 처음 알았고, 그토록 멋있고 아름다운 곡으로 들리기도 처음이라고 칭찬이 자자했다.

어떤 분은 집에 가자마자 당장 어린 딸과 발을 맞추는 연습을 했다면서 딸이 시집 갈 때는 꼭 실천하겠다고 했다. 딸 가진 분에게는 적잖이 충격이고 관심이 되었다는 후문이 있었다. 그날 새신랑인 남편도 그 광경이 무척 감동적이었다며 자기도 딸을 낳아서 멋진 결혼식을 해보고 싶다는 꿈을 밝혔다. 그 행복한 인생의 앞날에 먹구름도 있다는 사실은 아무도 몰랐다.

요즘은 암도 거의 정복에 가까울 정도로 놀라운 의술의 발전을 보이지만 30년 전만 해도 암은 사형선고나 다름없는 무서운 오명을 가졌었다. 우리는 비참하고 말할 수 없는 절망 상태에서 지푸라기라도 잡아야 하는 절박함 앞에서 하나님을 만났으니 매달릴 수밖에 없었다.

'하나님! 혜원이 결혼 때까지는 살려줘야 해요' 열 살 먹은 딸의 결혼이 언제인지 하나님은 알고 계실 것이다.

　우리의 기도는 간단명료했다. 오직 그 한 가지 뿐이었으니까. 애원도 하고 생떼를 쓰는 철부지가 되었다. 무지막지하고 행악하듯 졸라 대는 하나님도 어쩔 수 없었는지 손을 드시고 말았다. 재판관을 괴롭게 해서 설득시킨 무식한 과부와 다를 게 하나도 없었다. 결국 딸의 손을 잡고 웨딩 마치에 발을 맞춰서 입장하는 소원을 이루게 되었다.

　많은 가을을 새롭게 맞으면서 지금까지도 살려 주셔서 이제는 덤으로 살게 된 복까지 누리고 있다. 떼쓰던 기도는 감사의 기도로 바뀐 지 오래 되었다.

　'그 크신 하나님의 사랑 말로 다 형용 못 하네.'

카라 2 F 장지채색

청바지 멋쟁이

청바지는 잘 입으면 보기도 좋고 대를 물려 가면서까지 입을 정도로 질기고 실용적인 게 본래의 매력이라고 할 수 있다.

그러나 청바지도 청바지 나름인 것 같다.

좋은 재질이 못 되는지 당대에 벌써 무릎이 미어지기 시작하였다. 그러고 보니 품질 탓도 탓이지만 바지 역사도 근 십년은 가까워진 것 같다.

풍요의 시대에 웬 떨어진 옷 타령일까마는 낡은 무릎에 안감을 대고 기워 보는데 오랜만에 해보는 바느질도 재미있고 여자로 아니 아내의 자리로 돌아온 것 같은 묘한 기분에 행복하기까지 했다.

어느 날 외출하고 돌아오는 길에 맞은편에서 자전거를 탄 남성이 청바지에 체크 난방을 입었는데 산뜻하고 젊어 보여 '세련된 패션이다' 싶었는데 이게 웬일인가. 가까이 나타난 남자는 남편이었다.

집에 돌아와서 청바지 차림이 멋있었고 젊어 보였다고 칭찬을 했더니 "아직도 괜찮았던 모양이지" 하면서 우쭐해 했다. 고래도 칭찬하면 춤을 춘다는데 노인도 칭찬에는 예외가 없었다.

그후로도 항상 운동할 때나 자전거 탈 때마다 청바지를 즐겨 입더니 무릎이 견디다 못해 거덜이 난 것이다.

이참에 새것으로 하나 바꿔야겠다. 지금 당장 장만한다 해도 죽을 때까지 다 입지도 못 할 게 뻔한데 청승스럽게 떨어진 것을 입히다니 내 마음이 불편했다.

그런데 정작 본인은 정반대였다. 완강하게 반대하는 이유는 새 청바지는 뻣뻣해서 오히려 잘못 입으면 촌스럽고 젊었을 때와는 달리 어색할 수도 있다는 것이다. 지금 길이 잘 들어 부드럽고 편하니 기울 수만 있다면 그대로 입겠다고 했다. 또 청바지는 수선해 가면서 입어도 흉이 될 수 없으며 이제 청바지는 이것으로 끝내겠다고 했다.

청바지의 멋을 알고는 있는 것 같지만 왠지 얼마 남지 않은 세월을 계산이라도 한 것 같아서 서글펐다.

석양의 노을이 아무리 아름답고 감명을 받고 환호를 보내도 날은 어김없이 저물고 밤이 오는 것과 같이 우리에게도 마무리가 무한정일 수는 없으니 정리의 단계임을 암시하는 것이다.

서부 활극의 '역마차'에서 존 웨인의 멋진 청바지 스타일은 아직도 그 모습이 생생하다. 청바지는 개척시대 미국인들의 전유물처럼 그들 큰 키에 잘 어울렸다. 스티브 잡스 또한 평범한 청바지 차림으로 새로운 아이템을 발표할 때 전 세계를 매료시킨 멋쟁이가 아니었던가.

그렇지만 제 아무리 천하의 멋쟁이도 세월에 밀려 사라졌을 뿐인데도 여운처럼 잊혀지지 않는 것은 무엇일까. 그들은 옷걸이가 좋아 멋쟁이였을까? 옷이 좋아 멋쟁이였을까?

몇 해 전 드로잉 모델이었던 청년이 입은 청바지를 잊을 수가 없다. 한 곳도 성한 데가 없을 정도로 찢어지고 헤어졌는데 여러 가지 색의 실을 써서 바느질한 솜씨가 가히 예술이었다. 헝겊을 겉으로 덧댄 것이 아니고 안으로 청바지 색과 비슷한 천을 대고 실의 색깔로만 조화를 살려낸 것이 매우 독창적이었다. 어찌 보면 아주 심오한 추상화를 방불케도 했는데 알고 보니 일류 의상 연구가가 디자인한 작품이라고 했다.

청바지의 변신도 매우 다양하고 재미있다.

정말 청바지의 진가는 떨어지고 기워야 되는지 상품으로 진열된 새 청바지도 찢어 놓기도 하고 탈색이 된 걸 보면 역시 청바지는 살이 보일 정도는 되어야 멋쟁이 자격이 되나 보다.

글쎄 어느 탈북자가 청바지의 멋을 몰라보고 살이 보이도록 찢어진 옷을 입은 이가 남한 거지인 줄 알았다 하니 청바지 하나에도 남북 간의 견해차가 심각함을 실감했다.

우리 집 청바지 멋쟁이도 생각보다는 매우 진보적인데 놀랐다. 청춘은 어떤 기간이 아니라 생각하는 가치관에 있다고 하니 아직도 그런대로 괜찮은 가치관에 머물 수 있다는 것은 매우 다행한 일이다. 색실 몇 가지를 더 동원해서 획기적인 청바지 수선을 해야겠다. 멋있고 아름다운 우리들의 청춘을 위하여!

조약돌의 추억追憶

그때까지만 해도 죽느냐 사느냐 갈림길에서 어떤 확신도 없이 하루하루를 투쟁하듯이 버티는 중이었다. 그렇다 보니 환자 자신은 말할 것도 없고 지켜보는 가족도 실망과 두려움과 좌절 속에서 대책이 서지 않아 우왕좌왕 하면서 점점 나약해져 가고 있었다.

원래 건강할 때도 등산에는 취미가 없었고 물을 좋아 해서 수영을 즐기더니 생각해 낸 것이 푸른 바다에 가서 풍덩 뛰어들면 스트레스가 확 풀릴 것 같다고 했다. 나는 두말 않고 떠나기로 결정하고 간단한 준비를 해서 앞장을 섰다.

즐거워야 할 해수욕 가는 것도 아니고 피서도 아닌, 현실을 도피라도 하듯 그저 바닷물에 풍덩 해 보고픈 가장 간절한 방법을 찾아 나선 막다른 선택일 뿐이었다. 그렇게라도 이 짓눌리는 죽음의 공포에서 벗어나고 싶었으리라.

가는 길 내내 별 말도 없이 묵묵히 운전대만 잡은 모습에는 대책 없는 미래가 불안을 넘어 포기한 듯도 하고 체념한 듯도 했으나 휴게소에 들릴 때마다 가락국수도 사 먹고, 커피도 마셔보고, 억지로

라도 평온을 흉내 내듯 남이 보면 우리는 여느 피서객처럼 손색없
는 피서를 즐기러 가는 평범한 피서객임이 틀림없었다.

일 년 전만 해도 우리 아이들과 다녀갔던 추억의 그 길인데 산다
는 것은 한 치 앞을 알 수도 없지만 믿을 것도 못 되었다. 어떤 행복
도 보장이란 건 없었으니 새삼 삶이 허무하고 먼 하늘만 바라 봐도
눈시울이 젖어왔다. 다시 돌아올 행복에 대한 기약이 없어서일까.
아니면 눈물겹도록 아름다웠던 추억이 그리워서일까.

분위기를 바꿔 보려고 야생화를 꺾어 음료수병에 꽂아보고, 이야
기를 꺼내 봐도 곧 핵심과 요지는 엄벙덤벙 방향을 잃어버리고 또
웃겨 보려고 너스레를 떨어도 우습지도 않고 금방 시들해졌다. 유
머도 행복할 때라야 그 진가를 발휘하는 것 같다. 차 안은 냉기만 흐
르고 분위기가 바꿔지지 않는 것은 말 없어도 피할 수도 헤어날 수
도 없는 공통된 절박감에 엮여 있었으니 당연한 것이겠지.

도착하니 수평선 저 멀리서 하얀 파도가 반겨주듯 돌돌 말려들고
있었다. 한숨 같은 심호흡이 저절로 터져 나왔다. 바다야 말 좀 해다
오. 우리를 다시 건강한 보금자리로 돌려준다고.

혼자만 입수를 하게 하고 나는 모래사장에 앉아서 옷도 갈아입지
않고 아니 갈아입고 싶지도 않고 갈아입을 필요도 없이 그저 그가
물에서 무사히 풍덩 뛰어드는 모습이나 지켜보기로 했다.

그는 간단한 체조를 하고 심장에 물도 끼얹고 빈틈없는 준비를
마친 다음 서서히 워밍업이 시작되더니 본격적인 헤엄 자세가 나왔
다.

외로운 보호자가 되어서 저 바다보다 더한 울부짖음이 가슴에 서

렸지만 시선은 한 곳만을 지키고 있었다. 그동안 모진 치료를 받느라고 수척했으나 새로운 힘을 자아내듯 스트레스가 풀리는지 점점 헤엄의 속도가 빨라지는데 100m 300m 500m 아주 멀리 사람들이 뜸한 붉은 깃발이 꽂힌 곳까지 가고 있었다. 얼마나 힘들고 답답하고 억울했으면 저렇게 멀리까지 갈까. 저런다고 스트레스가 풀릴까 하는데 갑자기 다이빙이라도 하듯 물속으로 꽂히면서 사라져 버렸다.

망망대해만 펼쳐진 그 자리에는 흔적도 없이 터도 망도 사라져 버린 것이다. 1분 3분 5분 시간은 자꾸 가는데도 수평선은 그대로 입을 다물고 있었다.

시간은 가고 마음은 다급해 지고 그 거리에 소리 질러 봐야 들리지도 않을 것이고 아무나 붙잡고 '저기 사람이 빠졌어요' 외치고 싶으나 구조대도 안보이고 안절부절 미친 듯 허둥대는데 그때 우리 그이가 다시 솟아올랐다.

나는 너무 놀라서 아마 십 년 감수는 족히 한 것 같았다. 빨리 나오라고 소리를 질렀지만 들리는 둥 마는 둥 그는 이쪽을 향해 나오고 있었다. 놀라게 한 것이 미워 울면서 소리치며 앙탈을 부리는데 들은 척도 않고 귀중한 보물이라도 캐온 듯 난데없이 조약돌 몇 개를 내밀었다. 깨끗한 물속에 조약돌이 하도 곱고 아름다워서 주워 봤다고 했다.

6개월 밖에 못 산다는 암 말기 선고를 받고, 수술하면 1년은 더 산다고 해서 수술도 받고 의학이 할 수 있는 방법은 다 동원했던 것이다. 앞으로 살 수 있는 시간은 모두 합하면 1년 6개월. 시한부를 부여잡고 소원이 있다면 이 1년 6개월 안에 다 들어주어야 한다. 무엇을 해준들 아까울 것이 있을까. 아니 그 어떤 것도 그 시한 안에 다 들어 주어야 한다는 비참한 강박감에 사로잡힌 채 바다에 풍덩해 보러 온 것이 그 첫 번째 소원 들어주기 시작이었다.

분명 조약돌 사건은 각본에도 없는 애드립이었다. 아름답고 예쁜 조약돌에는 신비한 희망의 약속이라도 새겨진 것처럼 무늬도 선명했다.

소원을 들어주기 첫 스타트가 이외로 수확이라면 큰 수확이다. 앞으로 죽 이어질 소원 릴레이에는 예측할 수 없는 행운이 기다릴 것만 같았다. 돌아보면 30여 세월이 흐른 지금까지 살아준 좋은 결실에 감사하고 있다.

인생은 결코 각본대로만은 아닌 것 같다. 무한한 애드립일 수도 있으니.

꽃잎 날리기

한 달에 한 번씩 꽃잎을 날린다. 큰 부담 없이 그림도 곁들일 때도 있고 가볍게 손자들 앞으로 꽃잎 날리듯 엽서를 띄운다. 처음 한 장으로 시작했는데 지금은 모두 여섯 장이 되었다. 돌아보니 그동안 재미있었던 일들이 많이도 지나갔다.

단순히 세월의 선물이었다면 이토록 감사했을까. 면면히 하나님께서 허락하신 장수將帥의 화살임이 더욱 소중하고 감격스럽다.

날릴 때마다 항상 재미있다. 그 한 장 한 장에는 그런대로 정성도 담는 편인데 날리고 난 다음에는 까맣게 잊어버리는 것이 보통이다. 심각하거나 난해한 내용도 아니고, 인생을 논할 만큼 깊은 철학도 못되고, 그렇다고 훈육이나 다짐 같은 과제는 아예 생각도 않는 적바림 식이니 당연 할 수밖에,

평소 손자들에게 특별히 봉사한 것도 없고, 보고 싶고, 귀엽지만 자주 만나는 것도 아니고, 요즘은 학교생활도 바쁘지만 과외활동으로 더 시간이 없고 힘든 것 같다. 그저 같은 하늘 아래 살고 있다는

것만으로도 잘 지내려니 마음은 든든하고 푸근한데 외국에 떨어져
있는 손자들은 생각만 해도 아득하고 애틋하다. 그래서 한 번씩 가
면 몇 달을 살고 오는 데도 이상할 정도로 갈증만 더할 뿐이다. 국내
와 외국과의 차이점인 것 같다. 말로는 표현이 안 되는 공허 같은 장
벽이 이토록 클 줄은 정말 몰랐다. 제 아무리 태평양이 넓다고는 하
지만 열 몇 시간 비행기만 타면 만날 수 있고 또 요즘은 화상 통화로
얼굴을 마주하고 대화도 하는데 왜 그렇게 애틋한지 알다가도 모를
일이다.

   이런 내 마음을 저희들은 알기나 할까. 모르기는 해도 그럴 확률
은 매우 희박할 것이 뻔하다. 바라는 것도 없지만 손자들에게 향하
는 일념은 짝사랑에 불과하다고, 아니 그저 해외 동포일 뿐이라고
경험해 본 친구들의 호된 충고도 있지 아니 한가.

   그러나 나는 그립거나 보고 싶은 마음을 스스로 달래기 위한 방
편으로 꽃잎 날리듯 엽서를 띄울 뿐이다.

   여행 중에도 쓰고 특히 외국에서는 그곳 엽서를 더 뜻있게 이용
한다. 보통은 한 달에 한 번이다. 외국의 손자들에게는 조국을 잊지
말았으면 하는 심정으로 우리말 우리글을 그나마 가까이 해주고 싶
은 간절함도 어쩔 수 없다.

   서울 하늘 아래 있는 손자들이라고 사실 만나보기가 그리 쉬운
것은 아니다. 저들도 바쁘지만 나는 더 바쁜 생활을 하니 어쩔 수 없
다. 새로운 달을 맞으면 새 달력을 넘기 듯 제일 먼저 엽서 여섯 장
을 골라 놓고 한 장씩 그들의 귀여운 모습이나 얼굴을 떠올리는 시

간은 참으로 행복하다. 아주 갓난잡이 시절로 돌아가기도 하고 재미있었던 추억을 만나면 웃음을 참을 수가 없기도 하다.

답장을 기다리는 것도 아니고 그냥 보내고 싶어서, 그립기도 하고 생각나는 대로 한 조각씩 마음을 날려 보낼 뿐이다. 어쩌면 내가 살아있는 동안 소중한 그들에게 할 수 있는 가장 간절한 사랑 전달 방법인지도 모른다.

꽃소식 눈 소식 온갖 생각 곁들어서 여섯 장에 각각 나름의 사연을 쓸 때는 귀여워서 웃기도 하고, 그리워서 눈시울이 뜨거울 때도 있지만 이제는 다 생활 속의 즐거움이 되어 버렸다.

심지어 우체국 아저씨들도 내가 나타나면 "오늘은 할아버지가 안 오시고" 한다. 항상 우체국까지 배달은 할아버지 소관이니까.

진학 등 진로로 고민 중인 다 큰 고등학생들에게 더 이상 보탬이나 도움이 될 수는 없는 데도 이곳 정서, 뿌리의 중요성을 심어주고 싶은 간절한 노파심 같은 소망이 그 한 장의 엽서 밑바닥에 깔리도록 노력은 하지만 과연 얼마나 효과가 있을까.

또 한창 사춘기를 맞이하고 있을 중학생에게는 오직 사랑과 격려로 저가 겪고 있는 세상의 고뇌를 헤쳐나가는데 작은 도움이라도 된다면 참으로 고맙고 감사할 일이다. 더 이상 무엇을 바라겠는가.

어리지만 생각이 깊은 초등생 손자는 엽서 받을 때 선생님께서 잔잔한 음악을 틀어 놓으시고 반 전체 친구들에게 직접 읽어 주셨다고 했다. 생각 밖의 아름다운 결실이기도 했다. 감동을 주는 선생님만큼은 오래 오래 훌륭한 선생님으로 기억이 될 것이다.

자목련 2 F 장지채색

그 아래 동생은 "우리 선생님은 아무 말씀 없이 엽서만 주시던데" 한다. 선생님도 선생님 나름의 방법이 있을 것이다.

내 소중한 보석들이 그저 반갑게 받아 보는 것이 그리움을 꽃잎 날리기 놀이하듯 나의 엽서 날리기 작전이다. 이 재미있는 놀이를 언제까지 계속할까?

어느 날 엽서가 끊어지고 난 뒤 바람 부는 날 나의 손자들은 날리는 낙엽을 보고 할아버지 할머니를 추억하겠지. 그날까지는 예쁜 엽서를 부지런히 준비할 것이다. 여행할 때, 전시장에 가서도, 인사동을 들릴 적마다 아름다운 엽서는 나에게 꼭 필요한 준비물이다.

어린 시절 시냇가에 앉아서 꽃잎을 하나씩 따서 흐르는 물에 띄우면 물결에 따라 춤추듯 까딱까딱 끝없이 흘러갔다. 다시 돌아오는 것도 아니고 더구나 돌아오기를 기다리는 것도 아닌데 꽃잎 날리기는 그렇게 재미있을 수가 없다.

지공승

지금 내 생활에서 전철이 없었다면 어떠했을까 하고 생각해 봤다. 나설 때는 망설임도 없이 이용하는데 과연 전철이 아닌 다른 교통수단만으로도 이렇게 편리하고 자유롭게 지금처럼 구애 없이 나설 수 있을까 싶다. 꼭 중요하지 않으면 어설프기도 할 것이고, 귀찮기도 했을 것이고, 또 어지간하면 나갈 일이 있어도 줄이고, 먼 거리 같으면 엄두도 못 내고, 기동성은 지금 같지 못 했을 것이 뻔하다.

서울을 떠나 살아도 큰 불편을 모르니 더구나 지공승(지하철 공짜 승객)자격은 그 어떤 자격증보다 요긴하고 유용해서 비교가 안 된다. 운전면허, 문화복지사, 바리스타, 40년 사용한 교사 자격증도 지금은 거의 무용지물이 되어 장롱 속 신세로 전락되고 있는 실정이다.

교통체증으로 막힐 일도 없으니 약속시간 정확하게 잘 지키고, 빠르고 쾌적하고 항상 편리한 교통수단에 늘 감사한 마음을 안고 다닌다. 한국의 지하철은 가히 세계적이라고 자부할 수 있고도 남을 일이다.

스마트폰 오락도 재미있다지만 책이라도 읽으면 금방 목적지에

도착한다.

아직은 건강하니 좌석 확보를 위해 결사적으로 총력을 쏟을 정도도 아니고 그럴 필요도 없다. 때로는 나잇값으로 자리 양보도 받을 때가 있지만 양보할 때도 있다. 또 한 가지는 도착지 한 역 전에 일어서기다. 다만 한 역이라도 양보하는 방법을 생각한 것이다.

한 번은 좀 초췌해 보이는 노인에게 자리를 양보했더니, "그 나이도 적은 나이는 아니구먼" 하면서 다른 칸으로 가버린다. 같이 늙어가는 마당에 양보 받기가 미안했던지, 아니면 늙은 주제에 양보가 아니꼬왔는지, 또는 남자의 자존심이 용서가 안 되었는지 순수한 양보를 퉁명스레 거절했다. 꼭 나이를 따진다면 거기서 거기지만 머쓱하기도 하고 좀 부끄럽기도 했다. 사실 양보를 하면 물론 사양도 좀 하면서 감사하게 받아들이는 것도 예의가 아닐까.

그 총중에도 어떤 동작 빠른 이는 양보하고 사양하는 틈새를 이용해서 잽싸게 앉아버리는 웃지 못할 진풍경도 더러는 있지만.

요즘 대부분의 젊은이들은 경로석이 비워 있어도 앉지 않는다. 매일 출퇴근하는 젊은이들이 사실 더 많이 피곤할 텐데 비워 있는 경로석에 앉으라고 권해도 극구 사양한다. 아예 비워 두자는 생각인 것 같다. 젊은이들은 역시 신선하고 멋이 있었다. 젊다는 것은 가치의 기준이기도 하다.

노인들은 늙는 것이 무슨 벼슬인양 유세해서도 안 될 것이며, 더구나 훈계한답시고 그들을 나무라면 안 된다. 젊은이가 양보 못할 때는 그들 나름의 이유와 사정이 있겠지 하는 아량을 보이는 것이 좋을 것 같다.

여자들은 혼자 있으면 다 교양도 있고 조용하다. 그러나 몇 명만 같이 동행했다 하면 서로 자리 잡아주고 웃고 떠든다. 열심히 공부하는 학생도 있고, 책이나 신문을 보는 신사 숙녀도 있고, 잠을 청하는지 사색에 잠긴 이도 많은데 나도 여자지만 모였다 하면 큰 소리로 떠든다. 요즘 같은 여성 자주시대 스스로의 해방감에서 오는 발산인 것 같다 .

지금부터 30년 전만 해도 그랬다. 한복으로 잘 차려 입은 여성들이 야유회에서 춤도 추고, 술도 마시고, 노래도 부르다 보면 흥에 겨워 몸을 가누지 못할 정도로 절정이 되면 울기 시작했다. 즐거워서도 울고, 좋아서도 울고, 해방감에도 흐느껴 울었다. 한이 맺힌 듯한 그들에게 모처럼 허락된 오늘을 만끽하는 그 풍경은 추하기보다는 오히려 가엾고 안타까웠다. 비판 보다는 이해가 되기도 했다.

지금은 그런 시대는 지나갔다. 여성의 지위는 기하급수로 발전 상승하여 바야흐로 여성 전성시대가 왔다. 비싼 고급 등산복 차림의 세련된 멋쟁이들이 언어와 행동이 외모와 너무 걸맞지 않으면 '벼락부자들은 할 수 없다' 고 개탄의 대상이 된다.

이렇게 좋은 교통수단을 이용하는데 도덕과 질서가 따르지 못하면 세계 몇 위를 자랑하는 선진국 대열에서 졸부 소리를 들어야 하는 건 아닌지. 개인이나 국가나 다를 게 없다.

편리하고 정확한 전철을 애용하면서 적자로 허덕이는 지하철공사에 많이 미안하다. 지공승 자격을 80세로 올려도 불평은 못 할 것 같은 생각이 든다.

선진국의 조건

일본은 스스로가 자기네를 아시아의 유럽이라고 한단다. 아시아가 못 마땅해서 유럽을 갈망했는지는 몰라도 이웃을 무시하는 처사 같기도 하다. 경제 대국이요, 좋은 물건 만들어 세계 시장을 제패하고 국민들이 수준 있으면 선진국일 텐데 좋은 평을 안 하는 것은 우리와 지난날 나쁜 감정 때문인가 했던 생각은 완전 잘못이었다. 요즘 일본을 보면 도저히 선진국이 될 수가 없다는 것을 스스로가 보여 주고 있다.

최소한 역사만큼은 바로 보아야 하는 것 아닐까. 역사를 왜곡하여 자기네들에게 유리하도록 잘못을 덮기만 해서는 될 일이 아니다. 적어도 잘못을 시인하고 사과할 줄 아는, 사람의 기본은 갖추어야 할 것이다. 지도자라는 자가 너무도 몰염치한 생각만 펴니 도저히 선진국이라 하기는 가당치가 않다. 갈수록 본색을 드러내는 것은 손바닥으로 태양을 가리려고 덤빈다. 증거가 완벽한 독도를 자기네 땅이라고 우기는 것도 그렇고, 반인륜적인 위안부 문제, 강제 징용 강제노동으로 수많은 생명을 희생시키고, 전쟁을 일으킨 장본인이 도리어 배째라는 식으로 야만적인 수법만 펴고 있다.

독일을 보라! 수상이 직접 과거 조상 나치의 잘못을 피해국을 찾아다니며 무릎을 꿇어가며 사죄하고, 보상하고, 책임을 갖고 끊임없는 노력을 하고 있는 것을 보면 아! 선진국은 그냥 선진국이 아니구나. 그들의 사죄와 반성은 인간 본연의 아름다움이며 그 생각과 행동은 고결한 정신에서만이 나올 수 있는 숭고함이었다. 저절로 머리가 숙여지고 존경을 보내는데 일본이 하는 짓을 보면 용서할 수가 없다. 일본의 지도자라고 하는 자가 우리를 향해 민도 운운 했을 때도 가슴이 아프고 치가 떨렸다.

이럴 때 우리는 어떻게 해야 할까. 우리가 할 수 있는 것이 무엇인가 생각해 보는 기회를 갖는 것이 어떨까. 차라리 마음을 가다듬고 대항할 가치조차 없는 야만적인 일본을 직시해야 할 것이다.

36년 간 암흑 같은 탄압에서 해방이 되고 또 5년 만에 6.25로 극한의 비극을 맞은 것을 보고 일본의 지도자인 요시다 수상은 무릎을 치면서 그들에게 절호의 경제 부흥의 기회가 왔다고 좋아 날뛰었다고 했다.

이것이 일본이다. 그 길로 일본은 잘 사는 부자가 되었다. 이것이야 말로 야비한 처사의 일면이며 빙산의 일각에 지나지 않는다.

그동안 우리는 무서운 질곡도 겪었지만 피나는 노력으로 하면 된다는 일념으로 세계를 놀라게 한 것도 우리 민족이 아닌가. 기적을 창출한 민족이라고 외치고 싶다. 정말 자랑스러운 나의 조국 대한

희망 30 F 장지채색

민국을 열 번 백 번 사랑하고 또 사랑하고 싶다.

무섭도록 빠른 성장에 미처 빠뜨린 것도 있고 잃어버린 것도 많을 것이다. 앞만 보고 달려오다 보니 잊은 것인들 왜 없겠나. 멀리 왔지만 또 다시 시작하는 정신으로 돌아보자. 제일 기본이 무엇인가 알아보자. 부끄러울 것도 없다. 휴지 한 장도 함부로 버리지 말자. 담배꽁초를 하수구가 막히도록 버려서야 되겠는가. 우리의 강산은 소중하고 귀하다. 아름답게 꾸미자. 깨끗하게 아끼자. 서로 친절하자. 고마워하자. 화내지 말자. 너무 서둘지 말자. 고칠 것, 반성할 것, 돌아봐야 할 것, 잘못 된 것, 다시 생각해 보자. 우리는 잘하고 있지만 그래도 살펴서 또 돌아보자. 원망하거나 탓하기보다는 내가 먼저 변하자. 서로 사랑하자. 이것이 이기는 길이다. 일본을 이길 수 있는 가장 지름길이다.

내가 초등학교 일학년 때 일본은 2차 대전 막바지로 악만 남았을 때다. 일학년을 산으로 끌고 가서 솔방울을 따게 했다. 고학년은 나뭇가지나 관솔을 채취하는 등 더 심한 노역에 시달렸다. 지금 생각해도 1학년이 솔방울을 따고 줍고 해서 자루에 담는 일이 얼마나 힘들었던지 제 몸 하나 가누기가 어려워 땀과 눈물, 콧물이 뒤범벅이 되었는데 일본 여자 담임선생님이 휴지로 얼굴을 닦아주면서 쓴 휴지를 산에 버리지 않고 내 주머니에 넣어 주었다. 근 70년 가까워지는 세월이 흘렀건만 그때도 그들은 휴지 한 조각도 아무 곳에나 함부로 버리지 않았다. 그때 보여준 선생님의 교훈은 지금까지도 쓰레기를 함부로 버리지 않는 습관이 되었다.

그 해 여름 8.15를 맞았다. 조국 해방의 기쁨과 감격에 정신이 없는데도 우리 어머니는 부랴부랴 백설기를 쪄서 급히 부채로 한 김을 식힌 다음 일본으로 떠나는 선생님께 갖다드리라고 했다. 가는 길에 시장끼라도 달래라는 어머니의 배려였다. 언니하고 떡을 안고 갔을 때는 선생님은 이미 떠나고 대문도 방문도 휑하니 열린 빈집이었다.

나는 그때 너무나 슬펐던 기억은 지금도 생생하다. 조국의 광복은 눈물의 감격이었음에도 어머니께서 떡을 한 것은 보내는 자에 대한 예의와 인정이었을 것이다.

궁지에 몰린 그들을 불쌍히 생각한 우리의 민도를 역사도 왜곡하는 그 야비한 일본 위정자들이 그 깊은 뜻을 어찌 감히 알기나 할까. 지난번 쓰나미로 참상을 당했을 때 가까운 이웃이 달려가 한 뜨거운 봉사도 그들은 어떤 계산으로만 받아들였을까? 당시 일본 국민들의 수준 있는 질서를 보여줘서 본받을 점이라고 칭찬을 아끼지 않았다. 그런데도 일본은 선진국이 못 되는 이유가 있었다.

지금이 기회다. 우리의 각오가 꼭 필요한 시점이다. 우리는 선진국이 될 수 있는 조건에 몇 가지가 아니 무엇이 아직 부족한지 생각해 봐야 할 것이다.

술 이야기

재미있는 것은 술 종류에 따라 술잔의 종류도 각기 달라야 한다. 크기가 다른 것은 물론이고 모양도 재질도 술과 맞아야 하고 마음에 들어야 술맛이 나는 것은 애주가에게나 있을 수 있는 배려이고 여유인 것 같다. 잔을 서로 부딪쳐서 영롱한 소리와 함께 건배사를 외치며 권하는 정겨운 장면은 멋과 낭만 이전에 돈독해지는 우정의 약속일 것이다. 이런 것들은 술 수준을 격하시키지 않으려는 의도도 다분히 내재된 것 같다.

여유롭던 시대 우리 조상들의 술에 대한 예찬과 예절은 문화의 맥이기도 한 걸 보면 술은 결코 인류에게 떼 놓을 수 없는 운명 같은 깊이를 갖는 것은 사실이다.

한 때 우리 아버지도 술 한 말을 지고는 못 가도 마시고는 갈 수 있다는 농담을 할 만큼 술에는 일가견이 있었다.

내가 어렸을 때 우리 집은 동네에서 좀 높은 언덕배기였기 때문에 아랫길에 아버지가 오시는 것을 내려다 볼 수 있었다. 그날도 눈이 조금씩 펄펄 내리는 저녁 때 아버지가 자전거를 타시고 다리 위를 막 지나오고 계셨다. 아버지 오신다고 식구들이 맞이하는데 마당까지 당도하신 아버지는 자전거에서 내려 세우는 동안 우리 형제들의 반가운 환영인사에 평소와 다르게 아무런 대꾸도 없이 마루 앞까지 와서 정작 마루에는 오르지 못하셨다.

식구들은 모두 깜짝 놀라서 아버지를 부축하는데 술 냄새가 진동하고 아버지는 몸을 가누지도 못해 모두 달려들어서 모자와 외투를 벗기고 눈을 털고 겨우 방으로 끌다시피 해서 눕혀드렸다.

그렇게 취한 아버지를 본 적이 없었으니 놀랄 수밖에. 더구나 몸을 가누지 못하고 정신을 잃을 정도로 술을 많이 잡수신 것은 그렇다 쳐도 그런 몸으로 자전거를 타고 오신 것은 참으로 신기할 지경이었다. 만취의 몸으로 마루도 못 올라올 정도로 고주망태가 된 상태에서 외나무다리를, 그것도 자전거를 타고 와서 자전거를 제 위치에 바로 세워 놓은 그 다음부터는 마루도 못 오르는 것은 지금 생각해도 이해가 되지 않는다.

큰소리 치셨던 말술을 들고오지 못해서 마시고 오신 건지도 모르겠으나 그렇다면 아버지는 연기를 하신 건가, 아니면 곡예를 하신 건가 말하자면 술이 떡이 된 정도인데 집을 찾아오신 것도, 그 모든 것이 이성으로 한 행동이라고 보기는 어렵고 꼭 몽유병 환자 같은 몽환의 상태가 아니었을까 싶다. 하여튼 그날 그 몸으로 무사히 집으로 오신 것이 감사할 뿐이다.

한 번의 실수는 병가지상사兵家之常事라지만 우리는 아버지의 이 한 번 실수를 두고두고 놀려 주기도 하고 오래도록 잊지 못할 옛 이야기로 식구들 간에 화젯거리가 되어 재미있게 울겨 먹었다.

　그때까지만 해도 어머니는 술을 못하시는 줄 알았다.

　그후 많은 세월이 가고 언니가 시집을 갈 때까지도 어머니는 그저 예의로 한 잔 하실 정도였다. 맏사위는 술을 아예 못 하였는데 둘째 사위는 처음부터 술 잘 한다는 소문이 온 대소가에 알려지고 소문 그대로 두주불사斗酒不辭의 실력을 갖고 등장하였다.

　둘째 사위와는 자주 술자리가 만들어지고 어른들을 즐겁게 대접하는 방법으로는 가장 손쉬운 수단이 된 것 같았다. 아버지의 술 실력은 이미 정평이 있었지만 새 사위의 만만찮은 실력에 어머니마저도 가세하니 잦은 주안상이 벌어졌다. 우리 형제들은 어머니께서 술이 웬일이냐고 달라진 모습을 못 마땅해 하기도 했는데 하루는 어머니의 심오한 고백이 있었다.

　열두 살에 어머니(외할머니)가 돌아가셔서 어머니 뒤를 이어 살림을 맡은 어린 당신이 농주를 담고 농번기 일꾼들의 뒷바라지로 술을 거를 때마다 맛을 보고 농도를 맞추다 보니 술맛은 십대에 이미 다 터득했다고 하셨다.

　참으로 놀라운 사실이었다. 알고 보니 술 실력을 그동안 숨기고 발휘하지 않았을 뿐이었다.

　어머니의 어린 시절, 엄마 없이 일을 도맡아 했을 어린 어머니의 모습이 어찌나 애잔하든지 자라면서 있었던 어려움도 상처라면 상처일 만도 한데 그동안 내색 한 번 없이 살아오신 어머니가 그렇게 가엾기도 했지만 오히려 존경스러웠다.

부모님 두 분 실력에 남편까지 완벽한 술 체질의 가정이 되다보니 여기서 나만 합세를 한다면 우리는 완전한 주태백 가정이 되고 말 것이다. 위기를 느낀 나는 술을 입에 대지 않기로 결심을 했다.

이제는 부모님 모두 돌아가시고 우리 아이들도 가정을 꾸려 떠나고 둘만 남아서 자주 지난날 회상에 젖어본다. 남편은 장인 장모의 절도 있고 심오한 술 철학을 지금도 존경한다면서 은근히 자기도 그 범주에서 벗어나지 않으려고 노력을 하는 것 같다. 술이 좋을 리는 없지만 술도 잘만 먹으면 약주라고도 하니 부모님의 본을 받아 과음은 않는 것만도 다행이다.

요즘도 우리 아이들은 술 좋아하는 아빠를 위해 삼남매가 기회만 되면 비싼 양주며 좋은 술을 끊이지 않고 사다 바친다. 아들딸은 집안 내력인지 그런대로 술을 조금씩은 마시는 모양인데 하나 뿐인 사위는 술을 못해도 고급술만 사온다. 제발 이제는 술도 줄일 터이니 비싼 술 사오지 말라고 말려도 봤지만, 술에 도가 트인 장인의 술 매너 하나는 가히 저희들이 보기에도 술이 약주라는 이유를 알겠다고 할 정도로 신뢰하는 것 같다. 효도하고 싶어 몰랐던 술의 세계에서 명주를 고르는 재미와 상식은 오히려 저의 행복과 보람이니 말리지 말아 달라고 한다. 자식 키우는 재미가 어디 이것뿐이랴.

말년에 어머니 혼자 계실 때도 장모한테 좋은 술 사드리고 장모 사랑 사위인지 사위 사랑 장모인지 밤이 깊도록 주거니 권커니 서로에게 칭찬의 꽃을 피우던 그 세월이 다시는 오지 않으니 서럽기만 하다. 술은 추억이고 낭만과 철학이 있는가 하면 사랑과 효심이 녹아 있다.

남편의 반주 한 잔은 아이들의 사랑을 느끼며 외로움을 달래는 낙인데 대작도 못 해주는 늙은 아내는 너무 멋이 없다.

이 일을 어쩌나.

도라지꽃 4F 장지채색

k 선생

k선생과는 등산 동호회원인데 같은 시대를 공유한 점도 있지만 생각하는 것이 잘 맞았다. 자란 곳도 출신학교도 다르고 서로 알게 된 것도 퇴직한 다음부터였으니 오랜 시간을 알고 지낸 것도 아니다. 우리는 우연히 [학원學園]이란 학생잡지로 인해 재미있고 유익한 시간을 갖게 되었다.

[학원]은 6. 25 전쟁 직후 폐허 위에서 모든 것을 잃고 불안전한 시대에 사회는 물론이고 학생들에게 문학이니 교양이니 하는 독서거리가 거의 불모지이던 바로 그때 혜성처럼 나타난 월간 학생 문학 및 교양지로 출간되었다. 그 시절 [학원]은 생각만 해도 매력 있는 잡지였다. 매월 정기적으로 구독하지도 못 했지만 [학원] 겉표지에 남녀 학생 모델이 그렇게 멋있게 보일 수가 없었다.

누가 만일 [학원]을 가지고 있으면 염치 불구하고 따라다니면서 빌려 보거나 동냥하듯 얻어 읽었다. 어쩌다 돈이 생겨 한 권 사는 달은 얼마나 행복했는지 밥 먹는 것도 잊고 독서 삼매경에 빠져든 것은 여반장이었다. 한창 꿈 많은 중학생 때니 어렸을까. 얼마나 읽고 싶었으면 그토록 갈망했을까 싶다.

정말 [학원]은 각종 교양과 세계적인 문학 작품도 접할 수 있는 좋은 기회였으며 학생을 위한 잡지였으니 최고의 인기였다. 전국의 학생 문인들과 그들 작품에도 관심이 많았다. 꼭 요즘 청소년들이 아이돌 혹은 연예인에게 쏟는 관심 못지않았다.

그랬으니 우리는 60년은 족히 흐른 세월인데도 엊그제 일들인 것처럼 즐겁게 그 시대에 그대로 머문 듯했다. 그렇다고 K선생도 나도 작품 하나 발표한 것도 아닌 그저 순수한 애독자였을 뿐인데 마산의 L. 서울의 Y. 경기의 M과 H. 안동의 K. 재물포의 누구누구 등등 이름은 물론이고 그들의 작품까지도 한 구절씩 기억해 냈다.

꼭 남들이 모르는 영역이라도 차지한 것처럼 마음껏 추억의 보석을 캐 보았다. 그것은 수확의 계절에 농부의 기쁨 같은 행복이라 해도 무리는 아닌 것 같다.

세월이 흐른 것은 어찌하는 수도 없지마는 오직 가치 있는 추억은 중요했다. 소중한 것은 그 추억 창고에 간직된 빛나는 보석이 아닐까. 지금 이 시간은 강물이 되어 곧 지나 갈 것이다. 작은 열정이라도 나름 소중히 추억의 창고에 쌓였다면 훗날 그런대로 인생의 나이테로 남을 것이다.

[학원]은 전후 소년들의 르네상스였다. 읽을거리가 없어서 목말랐던 그들의 영혼을 적셔준 한 줄기 감로수 역할을 했으니 생각하면 한없이 고맙다.

K선생은 [학원]을 기억하는 사람은 더러 있었지만 이토록 사랑(?)

한 사람은 처음이라고 했다. 우리는 문학에 관심이 있고 좋아한 것은 분명했다. 그러고 보니 K선생은 국문과 교수로 퇴임한 걸 보면 당연한 것 아닐까.

그 K선생이 한동안 소식이 없었는데 e-mail이 떴다. 갑자기 건강이 나빠져서 여느 늙은이처럼 자식 따라 지금은 미국 보스톤에 있다고 했다.

태평양 건너 고향은 아득하고 오히려 지금은 대서양이 가까우니 언제 다시 고향에 갈 수 있을지 나빠진 건강이 한스럽다는 회한 섞인 사연이었다.

그리고 우리가 행복하게 추억하면서 기억했던 시詩 한 편도 함께 보내 왔다.

청솔 그늘에 앉아 서울 친구의 편지를 읽는다
보랏빛 노을을 가슴에 안았다고 해도 좋다
혹은 하얀 햇빛 깔린 어느 도서관 뒷뜰이라 해도 좋다
당신의 깨끗한 손을 잡고 아득한 얘기 하고 싶어
아니 그냥 당신의 그 맑은 눈을 들여다 보며
마구 눈물을 글썽이고 싶어
아아 밀물처럼 온 몸을 스며 흐르는
피곤하고 피곤한 그리움이여
청솔 푸른 그늘에 앉아 서울 친구의 편지를 읽는다

마산의 L이 서울의 Y와 편지를 주고받은 내용이 담긴 '청솔 그늘에서' 란 시詩이다.

다시금 감상해도 풋풋하고 싱싱함이 그대로 베어날 것만 같은 아름다운 소년만이 지닐 수 있는 시정詩情이다. 이렇게 아름답고 그리운 시를 읽고 자란 우리들이 너무도 행복하다.

시를 보내준 k선생의 외로움과 향수가 가슴을 저리게 했다. 지금 미래는 불확실해도 아름다운 추억이 있다는 것은 고맙다. 다시 돌아올 수 없는 지난날의 순수함은 고결하고 아름다웠다.

히말라야 트레킹 때만 해도 건강하고 지혜로운 리더로 손색이 없던 그가 많이 나약해진 소식이 너무 마음을 아프게 했다. 무엇이 이 멋쟁이를 이토록 약하게 했는지 무정한 세월이 원망스럽기만 하다.

보내주신 우리들의 아름다운 추억의 시 감사합니다. 공감할 수 있었던 그 시간들은 지나갔지만 우리에겐 무엇과도 바꿀 수 없는 소중한 추억이지요.

약해지지 마시고 건강에 매진하세요. 살아 있다는 것은 위대한 힘이니 아무리 지구 저 편이라도 이렇게 e-mail은 나눌 수 있잖아요. 아름다운 추억은 곧 아름다운 젊음을 간직한 것이지요.

자연의 연출

소나기 퍼붓는 날은 그냥 비를 맞으면서 걷고 싶을 때가 있었다. 생각하면 아주 순수시대인 것 같은데 그렇게 어려운 것도 아니지만 시도해 보지 못하고 객기로 끝나고 말았다. 어렸을 때는 엉뚱한 생각을 많이 했다. 그 생각들이 재미있어서 잠자는 것도 아까울 때가 있었는데 그 버릇이 지금 와서도 잠을 잘 이루지 못하는 것 같다.

정말 우산도 없이 소나기를 흠뻑 맞았다. 재미있고 즐겁고 감동까지 받으면서 그 장면은 한 폭 그대로 낭만이었다.

외국에서 오래 살던 친구를 안내할 마땅한 곳을 찾아보다가 인사동 구경을 시켜주는데, 학고재 앞쯤 왔을까 갑자기 돌개바람이 불어 마침 노랗게 물든 은행잎을 한꺼번에 흔들어 퍼부었다. 갑자기 물이라도 쏟아붓듯이 노란 은행잎이 소나기처럼 머리에도 옷에도 사정없이 쏟아졌다. 온 길바닥이 샛노랗고 사람들은 샛노란 강물에 둥둥 떠내려가듯 즐겼다.

소나기는 소나기다.

운치 있는 인사동에서 맞아 보는 난데없는 소나기 세례! 참으로 잊었던 지난날 순수시대 꿈이 아련히 되살아났다. 멋의 거리에서 바람과 은행잎의 기막히는 즉석 연출은 거리를 흥분의 도가니로 몰아넣었다. 내국인 외국인 수많은 사람들이 각기 자기들의 말로 함성을 지르고 즐거워했다. 친구에게도 좋은 추억이 된 것 같다. 그 기분은 말할 수 없이 통쾌했고 가슴이 뻥 뚫리듯 시원했다. 난생 처음 겪는 은행잎 소나기였다.

섬진강을 끼고 달리던 백년길 화려한 벚나무 행렬에 꽃비가 내렸다. 눈발처럼 휘날리며 시야를 가릴 정도로 광란이었으니 꽃비 보다는 꽃눈이 더 알맞을 것 같다. 보는 것만으로는 도저히 성에 찰 수가 없었다. 차라리 차에서 내려 꽃길을 걸으면서 자연이 되고 싶었다. 신발도 벗어버리고 맨발이 되어 저 휘날리는 눈보라를 맨 얼굴로 헤치며 걸어 보고 싶었다.

온몸으로 흠뻑 꽃에 젖어 아무도 못 말리는 자유인이 되어서 세월도 거스르고 감당키 어려운 회한 같은 그리움도 잊어버리고 무아경의 헤엄을 치고 싶었다.

자연이 주는 경이로움 때문이라면 이 모든 탈선된 생각도 연출이라 한들 그 또한 자연의 몫이 아닐까 싶다.

피는 꽃도 아름답지만 지는 꽃도 가슴 저리게 아름다웠다.

어머니 장례 때였다.

4월의 날씨는 포근하고 햇볕은 따스했으며 하얀 조팝꽃들이 평화로웠다. 그저 어머니와의 이별이 한없이 절박한 시간, 절차에 따라 곧 하관이 이루어지고 그 다음 순서로 이어지려고 하는 바로 그 순간 난데없이 연분홍빛 꽃잎이 관 위로 화르륵 뿌려졌다. 너무나도 뜻밖이었고 놀라웠다.

작은 바람이 꽃잎을 어머니 위에 뿌린 것이다.

저만치 깊은 관 위에 뿌려진 밝은 분홍색 꽃잎은 그 신비로움과 경건함이 도저히 인간의 솜씨로는 누구도 할 수 없는 감동이었다. 계획도 순서도 아닌 절묘한 자연의 연출은 어쩌면 한 삽의 흙이 뿌려지기 바로 직전 찰나에 이루어진 것이다. 자연의 비밀은 위대함 그 이상인 것을….

어머니를 작별하는 마지막 자리의 이렇게 아름다운 선물은 다름 아닌 어머니를 맞아들이는 하늘나라의 절차인 것 같다. 천사가 뿌린 꽃가루….

옛날 언니 결혼식 때 예쁜 화동이 뿌린 것처럼, 어머니가 가시는 길에 화려한 꽃잎이 뿌려졌다.

천국으로 가신 나의 어머니 사랑해요.

초승달

정말 실낱같은 초승달이 떴다. 빼어나게 아름다움은 자연의 일필
휘지一筆揮之인가. 더구나 나무 사이로 볼 때 가지에 걸린 모습은 한
폭의 동양화 그대로이다. 또 더 기가 막힌 것은 별과 함께 나타났을
때이다. 그 장면은 딱 한 번 밖에는 못 봤는데 정말이지 그날은 시인
詩人이 되지 못한 것이 한이 될 만큼 후회가 되었다. 그 아름다움을
어떻게 표현할 길이 없어 그렇게 괴로워해 보기도 처음이다. 벙어
리 냉가슴이란 증세가 이런 것이구나 싶었다.

난생 처음 보는 장면은 오래 잊고 살았던 동화의 나라로 초대 받
은 기분이었다. 별과 함께 나타난 초승달은 동화책에서 더러 표현
된 것은 봤지만 실제로 본 것은 말년에 맞은 고향을 더욱 아름답게
해주어서 고마웠다.

초대된 곳은 추억이었고, 사무치게 그리운 얼굴들이었고, 슬프도
록 아름다운 행복이었다. 온갖 희노애락이 겹치는 것은 웬일인지.

옛날 어머니께서 초승달은 앉아서 보면 한 달이 한가하고 만일

서서 봤다면 그달 내내 눈코 뜰 새 없이 바쁘다고 하셨다. 일이 많아서 고달팠던 그 시절 여인들의 애환이 서린 속설인 것 같다. 초승달의 아름다움도 느낄 겨를을 갖지 못 하고 일에만 찌들었을 그때 여인들이 가엾기까지 했다. 왠지 엄마의 설음 같은 그리움이 가슴 저 아래 깊은 곳에서 고여 든다.

지금 보는 초승달은 서서 보는 정도가 아니라 거의 뛰다시피 내는 속도에서 만난다. 저녁을 먹고 운동하러 나와서 맞이하다 보니 음력과는 별 상관없이 무심히 살고 있었지만 초승달은 어느덧 세월의 이정표가 되었다.

저 유명한 나도향의 그믐달은 보는 이가 한정되고 요염하거나 비수 같다고 했는데 초승달 역시 아무나 보는 것은 아닌 것 같다. 서울에 있을 때는 거의 본 기억이 없었다.

여기서도 사실 집안에만 있으면 볼 수가 없다. 보름달은 밤늦게 거실 안까지 들어와서 자주 만나고 반가운 인사(?)도 나누고 하는데 초승달은 저녁밥을 서둘러 먹고 공원에 나가야 겨우 만난다.

더욱 뛰다가 쳐다봤으니 이달은 또 얼마나 바쁘려고.

월화수는 시작부터 모임이 있고, 배우러 가는 등 할 일투성이고, 목금토 역시 약속한 날, 그림 그리는 날, 영화 보는 날, 그렇게 빼곡한 스케줄은 초승달을 뛰면서 봤기 때문인 내 불찰로 여긴다.

그러나 아무리 바빠도 좋으니 별과 함께 하는 초승달을 한 번만이라도 다시 보여주면 얼마나 좋을까. 그러나 그냥 초승달도 만나기만 하면 반갑다. 생활의 활력이 되고 또 새로운 동화의 세계는 물론 마음의 안식을 얻는 보너스 같은 존재다.

어째 보면 군더더기 없는 아주 단순미의 더할 나위없는 디자인에다 청초하고 냉철한 미인의 자존감 강한 외모 같은 모습이 의외로 정겹고 깨끗하다.

금방 사라지지만 좋은 메시지를 남겨준다. 아무리 바빠도 시간을 잘 활용하고 건강을 챙기면서 젊음을 잘 유지하는 현명함을 부탁한다. 넘치지도 모자람도 없는 초승달만이 날려 줄 수 있는 쌈박한 당부였다.

꿈은 이루어진다

북악산 아래 조용한 정원은 땅거미로 점점 진하게 드리워지고 있었다.

아침부터 시작된 빈틈없는 일정은 회의를 주도하고, 의견을 듣고, 계획서를 검토하고, 보고를 받고, 내외귀빈을 접견하고, 현장을 돌아보고, 전화를 받고, 확인을 하고, 그 밖의 수많은 국정을 살피고 점검하고 새로운 구상을 하고….

넘치는 격무에 지칠 만도 한데 가까스로 늦은 일과를 겨우 덮고 그것도 저녁식사 시간을 이용한 짬에 결혼식이 시작되었다.

신부라면 누구나 하는 신부 마사지도 생략하고, 그럴 시간도 없었겠지만 특별한 신부화장도 필요 없이 그저 깨끗한 흰색 드레스가 오늘 신부를 가장 순결하게, 그리고 아름답게 빛내 주었다.

장엄한 웨딩 마치는 울리지 않았지만 평소 가장 존경했고 아버지를 가장 많이 생각나게 했던 그분이 주례 겸 부탁의 말씀이 이 검소한 결혼의 증인이 되었다.

건강하고 서로 내 몸과 같이 아끼고 사랑하라는 눈물겹도록 따뜻한 당부의 말씀조차도 간단했지만 감동적인 순간이었다. 접견실에서 언약 같은 간결한 결혼식은 끝이 났다. 이것이 이 나라 대통령 결혼식의 전부였다.

신혼여행은 어디로 갈까? 가기나 하는 걸까? 아무도 아는 이가 없다. 드레스 갈아입고 식당으로 신랑신부가 들어서면서 식당 식구들한테 밝은 웃음으로 식이 잘 끝났음을 알렸다. 변명도 해명도 필요 없다. 떠들기 싫어하고 떠벌리기 싫어하는 그 성품은 국정이나 정치뿐 아니라 자신의 사생활에도 다를 게 하나도 없었다. 검소한 것도 역시 마찬가지였다.

깜짝 결혼식은 너무나 뜻밖의 상황이라 이 기막힌 역사적 사실에 식당에서는 '조금만 귀띔을 해줘도 피로연은 차릴 수 있었는데…' 안타까운 푸념을 드러내도 어쩔 수가 없다. 대통령의 결혼식은 이미 끝났을 뿐이다.

미처 퇴근하지 못한 직원들은 어안이 벙벙했고, 상주한 기자들 역시 기절하기 일보 직전으로 숨 가쁘게 기사를 보내고, 국민들은 평소와 다름없는 평화로운 저녁식사를 마치고 황금시간대 드라마를 기다리는데 "어어 저게 뭐야" '대통령 결혼식 거행' 화면에 큰 글씨로 특종 중의 특종이 뜨고….

북한이 핵실험을 해도 국민 아무도 그렇게 놀라지 않았다. 이 저녁에 특종 뉴스는 놀라는 정도가 아니라 어마어마한 충격이 숨을 멈추게 했다. 그러나 국민에게 이렇게 행복한 저녁이 되었다는 것은 하늘이 내린 축복이라고 덩실덩실 춤을 추고….

아! 이런 상황이 제발 일어났으면 얼마나 좋을까.

꿈은 이루어진다고 했다. 온 국민이 다 바라는 꿈이 아닐까? 간절히 소망하는 바이다. 그저 싱글인 대통령이 진정으로 행복하길 바란다.

결혼은 천생연분이라고 하는데 그렇다면 천생연분은 누가 정하는 걸까. 아니 정해 주는 곳이 있는지 아니면 절대자의 소관일까. 그렇다면 대통령에게 맞는 천생연분은 이미 결정되어 있는지도 모른다. 그렇다면 제발 결격사유나 합당사유에 대한 모든 것은 천생연분 청문회가 알아서 완전 검증되고 통과된 연분이 나타나길 바란다. 한 가지 더 부탁이 있다면 신랑 되는 분은 이 나라가 간절히 필요로 하는 애국 인재일 것이요, 대통령을 안팎으로 내조는 물론 외조까지도 잘 보필할 수 있는 건강한 자이길 바란다.

어느 날 청와대로 발령을 받고 부임하는 한 남자. 아무도 그가 천생연분인 것을 알지 못 하는 것은 당연하다. 사람의 눈에는 구별이 될 수도 없지만 당사자 자신들도 모를 수밖에. 그들도 보통 사람이니까.

그저 좋은 인상으로 전문적인 실력은 중책 수행에 비상한 능력을 보여 그를 바라보는 대통령을 완전 탄복하게 하고 그를 금방 인정하고 나아가서 인간적으로나 업무적으로나 대통령이 믿고 기대고 맡기는 인재 혹은 남자는 그 역시 존경하는 대통령 이전에 여성으로서의 무한한 매력에 끌려 피할 수 없는 운명의 기로에 서게 될 것이다. 이 정도면 대통령을 외롭지 않게 내 외조를 아우를 것이 틀림

없다. 이 모든 사실은 모두 천생연분 청문회에서 다 통과된 사실이니 무슨 검증이 더 필요한가. 염려해야 할 일은 더 이상 없다.

그저 아쉬운 것은 좋은 날을 받고 세계를 향해 청첩을 하고 거국적으로 준비를 하면서 국민은 어린 시절 설날을 기다리듯 대통령의 경사를 손꼽아 기다리는 행복한 나라. 국민이 행복하면 대통령도 행복하다.

아름다운 꿈은 철없는 아이들만 꾸는가. 꿈은 이루어진다고 했다. 제발.

꿈 8 F 장지채색

내 남편의 애인愛人

친구는 여학생 시절부터 예쁘다고 남학생들로부터 인기가 많았다. 그런 친구도 오랜 세월 같이 붙어다니다 보니 예쁜지 어쩐지 이미 익숙해져서 외모에는 별 관심이 없어졌다. 오직 필요한 존재가 되어 수첩같이 일정과 계획과 행사 등등을 꿰고 있는 비서 같은 관계가 된 것이다. 때때로 티격태격은 일상생활이지만 다 우정에 필요한 거름이 되는 셈이다. 그래도 서로를 챙길 때는 빠뜨리는 일 없이 뜨겁다. 그렇게 부딪힌 세월이 덕지가 되어 '아, 이런 것이 친구구나' 정리가 되기도 한다. 늙는다고 변하는 게 아니고 지지고 볶는 것도 친구니까 가능하다. 인연 중에는 부부나 친구는 남남으로 만났지만 오래도록 변함이 없는 것도 경의롭다.

이 친구에게 특이한 점은 말릴 수도 없는 운명 같은 역마살이었다. 한 곳에 가만있지 못하고 떠날 곳에 대한 동경으로 항상 사로잡혀 있었다. 그러다가 일단 목적지가 정해지면 당장 계획이 세워지고 준비가 시작되고 이내 실천할 수밖에 없는 여건을 만든다.

지나고 보니 친구 따라 강남 간다고 세계를 누비면서 돌아친 것도 내 인생을 그만큼 알차게 다져 준 것이다. 다 친구가 있었기에 가능했다.

때로는 한 달이 넘는 긴 여로에 지쳐 절실히 집이 그리울 때가 있었는가 하면 히말라야 5,000피트 눈 속에서 고산병으로 목숨 건 고생도 다 값진 체험이고 보람이었다. 남편 있는 나는 만고강산 친구만큼 자유로울 수도 없어서 사양하면 그때마다 친구는 남편을 설득하고 잘 꾀셨다. 친구의 그 수준급 수단을 나는 물귀신 작전이라고 했다.

만약 친구는 자기 남편이 지금껏 건재했다면 상황은 정반대였을 것이 뻔하다. 그의 남편도 대단했지만 요조숙녀인 친구 자신이 여행 같은 것으로 감히 남편을 두고 가정을 비우는 파행은 엄두도 못 냈을 것이다. 여필종부의 뿌리 깊은 사상에 사로잡힌 친구의 고루한 점이 못 마땅해도 어쩌는 수가 없었다. 오죽하면 대통령께서 열녀상 하나 놓친 것이 큰 실정이라고 할 정도로 놀렸을까.

인간에게 잠재된 능력은 다 때와 장소 여건에 따라 표출이 다름도 이 친구를 보면서 알 수 있었다.

우리는 사이사이 국내 여행도 빼놓지 않았다. 남편과 셋이서 잘 다녔는데 어느 늦가을 산중에서 날이 저물어 민가를 찾아 겨우 방 하나 마련한 것을 두고 다른 친구들은 '그 밤이 무사했겠느냐' 고 두고두고 놀렸지만, 일일이 작은 일에 신경을 쓴다면 그것은 진정한 여행이 될 수도 없을 뿐만 아니라 스릴과 낭만이 없는 여행은 차라리 호기심 없는 나그네 길에 불과하지 않을까.

세계를 돌아치고 삼천리 방방곡곡을 헤매던 방랑의 날들은 그나마 젊음도 있었고 의욕과 행동하는 자유가 화려했다. 이렇게 도끼자루가 썩고 있는 사이 친구는 남편한테 언제부터인가 애인이란 호칭을 쓰고 있었다. 농담 같지만 농담 속에는 진담이 있다는데⋯. 사실 영국신사란 별명을 가진 인물은 별로라도 매너 좋은 그에게 반하지 않을 여자도 드물었다. 너무나도 자연스러웠고 그 시점도 딱히 기억나지 않는다. 그것도 언제나 '우리 애인' 이다.

일단 길만 나서면 챙기는 데는 나 같은 건 저리 가라 할 정도로 준비성이 완벽했다. 가만히 생각해 보니 남편도 애인의 말이라면 더 잘 들어준 것도 사실이다.

"우리 바람 좀 쐬러 가요" 투정조로 조르듯 하는 애교에는 꼼짝 못했다. 어디 어디가 좋다는 행선지 선택은 물론이고, 뭘 먹자는 메뉴를 정하기도 항상 친구의 몫이다. 특별한 그만의 매력도 있었지만 어떤 사태에도 대처하는 능력이 탁월했다. 빈틈없는 준비며 자리를 만들고 식후 차 대령까지 섬세한 배려는 항상 나를 앞질렀다.

사실 잠식되어 간다는 것은 표면에 변화가 아직 나타나지 않은 상태이나 그 변화가 인지되었다면 그때는 호미는 물론 가래도 소용없을 것이다. 나는 어쩌면 무관심한 천성이 소중한 것을 잃고 있다는 것에 대해 한 번도 생각해 본 적이 없었다. 남편을 믿고 있었는지 아니면 친구를 믿었는지 너무도 자연스럽게 이 시점에 이른 것이다. 심각할 수도 있지만 서둘 필요도 없다. 내 자존에 관한 문제다.

이제는 한 남자의 선택이 필요하다. 살만큼 살았으니 결정권도 양보할 용의는 있다.

꽃은 피고지고 세월은 덧없이 저물고 이제 우리에게 아름다웠던 추억만이 몸부림처지게 그리울 뿐이다. 우리는 한밤중에도 전화를 걸어 그때 그 여행지의 추억을 못 잊어 다시 확인해야만 보헤미안의 고뇌에서 잠들 수 있었다.

낯선 중세의 성벽을 찾기도 하고 파도가 부서지는 해변에서 모래 알의 촉감과 함께 무한히 자유로워지기도 한다. 감명 깊게 읽었던 그 책장을 다시 넘기듯 그리웠던 여행 속을 다시 거닐어 본다. 그렇게 아름다웠던 낭만의 날들을 다시 기다려도 되는지. 강물은 돌이킬 수도 없고 불타는 석양도 쉬이 밤이 온다는 사실을 보면 인생도 여행도 꿈일 수도 있겠구나.

늙은 남편에게 슬쩍 흘렸다.

"내가 먼저 죽어도 당신은 애인이 있어서 좋겠다"

질투가 나서 빈정댔을까?

"누가 더 살고 덜 살고 보장이 있는 것도 아니고 떠날 때는 말없이 떠나는 게 좋아요"

아직도 미련을 버리지 못했다는 표현인가?

Long beach 친구

우리가 헤어진 후로 가장 오랜만에 어렵게 찾아갔을 때 그녀는 여전히 아름다웠다. 사는 곳은 미국 캘리포니아 주에 있는 아름다운 항구 도시 롱비치. 노인들이 사는 아파트촌이었다. 넓은 단지는 적막할 만큼 조용했고 아름드리 고목이 꽉 버티고 있으며, 그냥 심어 둔 채 그대로 자란 정원의 꽃들은 거기 살고 있는 사람들을 닮은 듯 몹시 외로워 보였다.

내 친구는 엄격히 따지면 친구라기보다 삼사 년 선배였고, 젊은 날 같은 학교에 근무하면서 언니처럼 따르다가 나중에는 친구가 돼서 유별나게 친하게 지냈으며, 생각이나 추구하는 이상이 맞아서 항상 같이 붙어 다녔다.

헤어지면 연락하고, 소식이 끊어지면 찾기를 여러 차례 했었다. 그리고 보낸 세월도 50년 가깝게 된 것 같다. 설령 만나지 못하고 떨어져 있어도 늘 생각은 서로가 잊지 않고 살았다.

어느 때는 만나보면 기상천외한 일을 겪고 있기도 했고, 건강을 잃고 어려움에 처해 있기도 했으며, 남편 사업이 왕성하여 아주 부유한 마님이 되어 있기도 했다. 그렇게 긴 세월도 아닌데 참 변화무쌍한 모습을 보여줬다.

국내에 있을 때는 궁금하면 연락하고 만나는 것은 어렵지 않았는데 이번 만남은 한 10년은 된 것 같다. 세월처럼 덧없을까.

"이게 뭐하는 짓이야. 살아 있어서 고마워."

"야, 우리 참 끈질기다."

부둥켜안고 한참 있다가 떨어져 보니 둘 다 눈물범벅이 되었지만 곧 서로를 쳐다보면서 웃음이 터지기 시작했다. 웃고 또 웃었지만 흐르는 눈물은 그치지 않았다. 옛날 그대로였다.

그때나 지금이나 우리의 행동은 별로 변한 게 없었다. 그전에도 우리는 만나면 잘 웃었다. 그리고 울기도 잘했다. 불만이 있어도 웃다 보면 해결이 되고 울 일이 생겨서 울다가도 종국에 가서는 한없이 웃어 넘겼다. 물론 기쁜 일, 그렇지 않은 일도 다 웃었으니 눈만 마주쳤다 하면 웃음으로 해결했다.

말하자면 인간사는 제 아무리 어렵거나 슬프거나 어떠한 역경이라도 그 모든 것은 그리 심각할 게 못 된다는 것을 우리는 그때 이미 터득했다.

친구는 얌전하고 조용하나 유머가 풍부하고 위트가 있어서 좌중을 배꼽 떨어지게 웃겨 놓고도 정작 자신은 흐트러짐이 없고 매우 지혜로운 여성이었다. 모든 것이 긍정적이고 종종 해결사 노릇도 잘 했다. 그리고 무엇보다도 살빛이 희고 깨끗한 미인이다. 늙어도 아름다움은 그대로 간직하고 있었으며 오랜만에 만나도 그 웃는 버릇 또한 변하지 않았다. 소녀 같은 모습은 여전했다. 오래 잊고 있었던 우리들의 참 모습이 만나자 마자 금방 되살아 난 것이다.

"흘러 흘러 여기까지 왔지. 태평양 한가운데 떠도는 나뭇잎 신세처럼"

붉어진 눈에는 눈물이 가득 쏟아지는데 또 웃었다. 우리는 언제나 이렇게 울면서 시작하고 웃으면서 정리했다.

그 옛날 우리는 가을 길을 자주 산책했는데 높은 절벽에 유독 빨간 단풍을 발견하고 "아, 저 단풍…" 감탄에 말을 못 이었다.

"아름답다."

한숨처럼 앓았다.

"불이 붙었다. 불이 탄다."

"사랑하는 것 같아"

더 이상 말이 없었다.

곧 숙연해져서 서로를 마주하는데 이미 눈에는 눈물이 뻐얼겋게 고였지만 누가 먼저랄 것도 없이 웃기 시작했다. 왜 그렇게 웃었을까. 말뚝이 구르는 것만 봐도 웃는다는 열일곱 살도 아닌데 계곡이 떠나가듯 웃다가 오줌 싼다고 법석 떨던 일도 생각난다.

왜 그렇게 웃었을까. 왜 그렇게도 잘 울었을까. 생각하면 그때는 순수해서 눈물이 많았는지 감정이 풍부해서 웃음이 많았는지.

지난날은 아름다웠다. 주옥같은 잊지 못할 추억이다. 다시 돌아

갈 수 없어서 이토록 애달픈가.

그의 하루 일과는 오전은 피아노를 치고 오후에는 독서와 산책이라 한다.

어느 날 단지 내 중앙에 있는 낡은 건물 강당 홀에 먼지를 듬뿍 쓰고 있는 피아노를 우연히 발견한 것은 그의 인생관을 바꿔 놓은 좋은 행운이었다고 하였다. 그날부터 당장 시작한 것이 지금은 놀라운 솜씨를 발휘하고 있었다. 자신도 몰랐던 잠재된 소양을 찾아낸 것이다. 그보다도 끊임없는 노력의 위력이었음이 당연할 것이다.

적막하기 이를 데 없는 노인들의 동네를 살아 있다는 증명이라도 하듯 온갖 명곡이 수준 있는 노인들에게 많은 추억을 상기하게 하고 외로움을 달래는 데는 더할 나위 없는 위로가 되었다. 이제는 온 동네에서 사랑 받는 스타로 자리매김하여 있었다.

감사하고 자랑스러웠다. 젊었을 때도 지혜로운 좋은 친구였는데 늙어도 가치 있는 인생은 빛이 나고 아름다웠다. 이국땅에서 흔히 겪을 수 있는 외로움이나 향수를 스스로 노력해서 극복하는 모습이 보기 좋았다.

밤을 새운들 소회를 다 풀 수 있을까. 언제 다시 만날 기약 없는 이별이지만 건강히 잘 지내고 만날 때까지 안녕을 비는데 울면서 또 웃었다. 웃었지만 그건 눈물이었다.

어느날 4 F 장지채색

40년 만의 외출

11월도 중반에 들어섰는데 강원도 길은 아직도 단풍이 군데군데 남아 있었다. 옛날 소백산 희방사 단풍은 개천절에 가면 좀 이르고 한글날에 가면 불타듯 절정이고, UN데이(10.24)에 가면 처참하리만큼 앙상하여 마치 불탄 자리 같았는데 웬일인지 이것도 지구 온난화 현상인가 아직도 남은 단풍 색깔은 마치 피를 토하듯 선명하고 아름다웠다.

이번 여행은 친구가 40년 경영하던 사업을 무사히 마무리하고 10월말 부로 그만 두었다. 이 친구의 그동안 노고와 퇴직을 축하 겸 위로 차 떠나기로 한 여행이다.

40년 만의 외출.

그간 녹여진 인내와 노력으로 이룬 신뢰는 더욱 감동으로 자랑스럽고 대견했다. 청춘은 물론 젊음을 고스란히 쏟아붓다시피 한 사업이었다. 그 혁혁한 공로는 마치 저수지가 있었기에 그 인근 온 들녘이 가뭄을 모른다는 이치가 저절로 납득이 될 만큼 친구의 경영

수완은 대단했다. 이 시대 여성 사업가로도 손색이 없는 참으로 훌륭한 친구라고 생각한다.

아직 지지 않은 끝 무렵의 단풍은 오늘 그 친구를 위해 기다려 준 자연의 배려라고 우리 모두가 고맙게 생각했다. 날씨도 따뜻하고 바람도 상쾌하고 공기는 더 없이 신선하고 맑았다. 여행하기 딱 좋은 계절인 늦가을.

꼭 우리들 삶의 시점과 어쩌면 딱 맞아떨어지는 이맘때가 아닌가. 머리카락은 희끗희끗하고 시나브로 인생의 겨울도 멀지 않았지만 무엇을 봐도 아름답고 감사하다. 비록 인생 일 막은 끝나도 그간 쌓아 놓은 내공이 모든 것을 수용하는 자세가 차라리 정겨웠다.

위용을 떨치는 설악 산세나 임무를 끝낸 들녘도 평화로웠다. 지금의 우리들처럼.

도착하면서 가장 시급한 민생고 해결로 점심은 환상적인 황태요리, 초당두부의 담백한 질감, 온갖 산채 향기, 다 그리웠던 맛이었고 강원도가 아니면 도저히 창출할 수도 없는 아주 특별한 성찬이었다. 인심도 좋았고 맛도 좋았고 친구도 좋았고 어느 하나 부족할 것이라고는 없는 넉넉함이 행복으로 와 닿았다.

예약한 K리조트는 여러 번 와본 곳이어서 쉽게 도착했는데 정작 리조트 임자인 친구는 처음 방문이라 "괜찮다" "참 좋구나" 하는 탄성이 연신 발산이 되고 있었다.

창밖에 푸른 바다가 출렁거리는 전망 좋기로 유명한 리조트를 20년 전에 사 놓고 주인은 바쁘다는 핑계로 한 번도 못 오고 우리들만 해마다 몇 차례씩 이용하고 즐겼으니 친구 잘 둔 덕은 봤지만 참으로 웃지 못할 넌센스다.

그러고 보니 부자가 그냥 되는 것은 결코 아니라는 사실이다. 남보다 많은 노력은 물론이고 자유도 절제되었지만 일에 대한 열정은 높이 평가하고도 남을 일이다.

대관령에 새로 뚫려진 터널, 그 유명한 백담사, 불이 났다던 낙산사, 북녘 땅 금강산이 보이는 통일 전망대, 신사임당의 오죽헌, 괴상한 커피집 모든 것이 감동이다.

이제 일에서 풀려났으니 마음껏 자유롭게 여행이나 해야지 하는데 어쩐지 늦은 감이 소름처럼 돋았다. 그렇지만 늦었다고 할 때가 가장 빠르다고들 하니 우선 팔도에 널린 리조트 체인만 순회해도 적잖은 세월이 필요하겠지.

지금까지 미뤄 온 일이 어찌 유람뿐일까마는 하고 싶은 일을 찾아본다면 후반전도 만만치는 않을 것 같다. 전반전 실력이 곧 후반전 실력이 아닐까 더욱 기대가 된다.

떠날 때 친구 부군께서 "강원도에 가면 강원도 식으로 강원도를 즐기라"는 부탁의 성원이 있었는가 하면, 알뜰한 딸은 시간 시간 확인하고 격려하는 전화, 큰 아들의 문안 염려 축하 격려의 전화, 미국 둘째 아들 역시 축하 국제 전화, 감격과 어리광의 막내 전화 등등. 엄마의 용기 있는 도전을 격려하는 가족들의 전화가 가는 도중 내내 빗발쳤고 도착해서도 끊이지 않았다.

삶에서는 언제라도 변신과 출발의 기회가 있다는 사실이 너무나 재미있고 통쾌했다. 역시 인생은 살아볼 만한 충분한 요건이 된다.

40년 만의 외출은 화려했다.

가족의 뜨거운 사랑이 있었고 친구의 행복한 동행이 있었고 동해의 파도와 찬란한 아침 해는 새 출발을 축하했다.

인생 후반의 수확이라면 자유로운 시간이 용납되고 모든 책임과 역할은 가벼워지니 이제 건강만 변함없이 남은 날을 허락해 주리라 믿어본다.

마릴린 몬로의 7년 만의 외출도 이 친구의 40년 만의 외출에는 쩹이 못된다. 딸이 있었나 아들이 있었나.

진실로 소중한 것

'종묘' 하면 운치가 있는 고궁도 아닐 게고 그저 임금님들 제사 지내는 곳이라는 정도로 더 이상의 상식도 없었고 또 별로 궁금하지도 않았다. 지금까지 가을 고궁 산책은 하자고 해도 종묘 관광 가자고 하는 사람은 없었다.

종묘는 그저 거기 있다는 정도로 무심했었다. 그런데 유네스코가 세계문화유산으로 종묘를 등재했다니 고궁이나 불국사 정도는 몰라도 의외였다.

종묘를 한 번 가봐야겠다. 어째서 세계가 인정했을까? 그래서 종묘를 찾았다. 창덕궁을 통해 낙선재를 지나 고궁 담 옆으로 난 큰길 위에 놓여 진 육교를 지나면 종묘로 통하는 길이 있다. 혼자 가기가 심심해서 친구를 꼬득여 '종묘에 가자' 하니, 그 친구 종묘에는 흥미가 없고 기어코 고궁을 가자고 해서 코스를 그렇게 잡았다.

고궁의 가을은 아름답다 못해 슬프기까지 했다. 특히 낙선재의 조촐함은 한 나라 역사의 흥망성쇠의 끝자락을 보여주듯 매우 애잔했다. 원래 창경궁, 창덕궁, 종묘는 한 울타리 안이었는데 일제 강점

기에 신작로를 뚫어 갈라놓았다고 한다. 그들이 우리 유산을 훼손하는데 일획인 것 같아 가슴이 아팠다. 마음은 벌써 상처로 돌이킬 수 없는데 정문도 아닌 뒷길로 들어선 종묘는 의젓하다 못해 수려함을 넘어 압도하는 힘이 첫눈에 한 마디로 기겁할 만큼 놀라게 했다.

지금까지 봐온 궁궐들과는 아주 다른 건축 규모라 할까. 양상이 웅장하다기 보다 단순하면서도 장엄한 위용에 단번에 매료되어 잠시 정신을 차리지 못할 만큼 멍 했다. 아! 이렇게 멋지고 아름다운 종묘였구나. 그동안 무심하고 무식했던 후회가 한숨으로 나왔다. 그것도 종로 한복판에서, 담 밖은 파고다 공원에서 넘쳐나는 인파로 붐비는데 담 하나 가려 놓고 완전히 딴 세상이었다.

제일 큰 정전正殿이나 영녕전永寧殿의 깊은 침묵은 안내문의 설명만으로는 도저히 직성이 풀리지 않았다.

다시 찾은 종묘는 해설사의 해박한 설명도 좋았지만 지도 교수님의 특별한 관심과 현장학습이 역시 생동감을 주었고 역사를 피부로 느낄 수 있는 좋은 계기가 되어 행복했다.

제례는 일반 사가의 제사처럼 조상을 섬기는 예로서 역대 임금의 혼백을 모신 제사라 거국적인 행사였으니 마땅히 전통적인 제례의 절차 의식이며 제물 하나하나에 의미와 상징이 부여되어서 모두가 문화유산으로 가치가 높이 평가되고 그 규모 또한 놀랍다.

그러나 여기서 더 감탄한 것은 종묘 제례악이었다. 제례절차에 음악이 함께 했다는 것 또한 놀랍지 않을 수 없다. 제관은 문무백관으로 물론 훌륭했겠지. 악사들의 연주가 들리는 것 같다. 지휘자 연출자 그들은 모두 천재임에 틀림이 없다. 악기의 제작부터 악곡을 위한 악상을 떠올려야 하고 하모니를 위해 작곡이 완성될 때까지 끊임없는 실험정신, 무에서 유를 발견한 당신! 당신이 한 일은 모두 진정한 예술입니다. 지금의 오케스트라처럼 그때 벌써 음색 역할에 따라 악기의 위치도 정해졌다니 아무리 생각해도 종묘 제례악은 우리 민족다운 발상이라고 생각된다.

어느 나라 어느 민족에서 이처럼 멋있고 완벽하고 높은 차원의 문화를 볼 수 있었단 말인가. 역시 우리 민족은 예술의 감성이 풍부한 것 같다. 잦은 외침, 불행했던 입지, 열악한 환경, 이 모든 여건으로 끝내 꽃은 다 피우지 못 했지만 서양처럼 웅장하지도, 거대하지도, 화려하지 못해도 영혼이 깃든 나름의 토박하고 소박한 정신세계를 그들 유네스코가 높이 평가한 것 같다.

어떤 외국인이 'korea는 너무도 아름다운 전통과 찬란한 문화를 소유한 나라' 라고 한 말이 생각난다. 칭찬에 걸맞은 국민으로 자부심만 가질 게 아니라 관심을 갖고 사랑하는 마음으로 공부도 더 해야 할 것 같다.

정전 앞마당 끝에 철퍼덕 주저앉아서 대각선으로 바라보는 종묘의 극치는 용마루를 타고 흘러내리는 솔바람도 한몫하고 있었다.

하늘 미꾸라지

삼복에 갑자기 쏟아지는 소나기는 청량감은 물론 더위를 잡는 괴물 같았다. 나는 그때 마침 사랑마루에서 혼자 책을 읽고 있다가 막 무가내로 쏟아지는 비를 경이로움으로 감상하게 되었는데 그때 난데없이 미꾸라지 한 마리가 빗 속에서 떨어졌는지 마당 한가운데서 특이한 몸짓으로 팔딱팔딱 뛰고 있었다. 멀쩡한 마당에 소나기 속에서 떨어지지 않고서야 어디서 왔겠는가. 하도 신기하고 이상해서 하늘을 쳐다보았다. 회색보다 더 진한 하늘에서 굵은 빗줄기가 정신없이 쏟아붓는데 금방이라도 세상을 물속으로 잠가버릴 것만 같았다.

나는 혹시나 빗줄기 속에서 미꾸라지가 섞여서 떨어지지 않을까 하고 한참을 자세히 살피는 동안 마당의 하늘 미꾸라지는 그새 하늘로 올라갔는지 없어지고 말았다.

그후 소나기 오던 날 하늘에서 미꾸라지가 떨어졌다는 사실을 아무도 믿어주지 않았다.

피난 갔을 때 어떤 아저씨가 들려준 인어 이야기는 내게 오래도록 상처이기도 했지만 잊을 수 없는 감동이었다. 그 아저씨 고향은 바닷가이고 오직 고기만 잡고 살아온 어부로서 풍랑과 싸우면서 큰 고래도 잡고 작은 고기도 잡으면서 겪은 일 중에 가장 큰 사건은 그물에 걸린 고기가 상반신은 아름다운 여자이고 하반신은 비늘이 있는 물고기였다고 했다.

바로 인어라는 것이었다. 그물에 잡힌 인어는 눈물을 흘리고 있어서 불쌍한 생각이 나서 다시 놓아 주었더니 기쁜 표정을 지으면서 물속으로 달아났다고 했다. 너무 아름답고 신비한 이야기였다. 어부 아저씨의 이야기는 매우 진지했고 자기가 체험한 일이라기에 동화 속에 나오는 인어가 실제로 있을 수도 있구나 싶어 무척 감명이 깊었는데 이 인어 이야기도 믿어 주는 이가 없었다.

하늘 미꾸라지는 내가 직접 눈으로 똑똑히 본 틀림없는 사실인데도 믿어주는 이가 없다. 인어 이야기 역시 어부가 겪은 실화라는데도 그렇다.

나는 그러고 보니 어린 시절 순진했다. 그것은 거의 바보스런 것이 더 정확하다. 김 추기경도 바보를 좋아했지만 종류가 달라도 한참 다르니 그건 그렇고 더 기가 막히는 것은 눈물이 많았다. 조금만 억울해도 눈물이 먼저 나와 말도 못하고 숨어 버리는 것이 편했다.

자랄 때까지는 항상 하늘 미꾸라지와 인어에 대해서 남들이 진지하게 들어주지 않는 것이 늘 억울했지만 천성 울보에게는 어찌 하는 수가 없었다.

한 번은 아버지를 따라 동생들과 김유신 능에 놀러갔다가 언제나처럼 아버지는 우리들에게 여러 가지 유익한 상식을 재미있게 들려주셨다. 자연 생태계, 환경의 중요성 등 폭 넓은 설명 중에 생물의 근성에 대한 강의를 하시다가, 비가 올 때 산의 흙이 파여 작은 계곡이 되어 중간중간 풀이 모여 자라는 곳을 가리키시며 저기 풀 속에는 미꾸라지가 살고 있을 수 있다고 하셨다. 그 이유는 비올 때 물이 모여 흐르면 미꾸라지는 물을 거슬러 올라가기를 좋아하는 근성이 있는데 저런 조건이면 틀림없이 올라갔을 것이라고 하셨다.

지금은 비가 오는 것도 아니고 말라버린 계곡에 정말 미꾸라지가 살고 있을까. 너무도 황당한 일을 우리는 직접 확인해 보고자 산으로 올라갔다. 풀만 띄엄띄엄 자라고 있기에 헤쳐 보니 정말 미꾸라지가 살고 있었다. 정말 신기했다. 산 중턱에 물고기가 살고 있다니 도저히 믿겨지지 않을 일이다.

비 오는 날 내려오는 물을 거슬러 올라갔을 미꾸라지의 용기와 기백이 참으로 가상스러웠다. 비록 지금은 물이 말라버린 산중턱에서 오도 가도 못하는 신세로 생명의 위기 앞에서 애타게 비를 기다리지만.

나는 지난날 하늘 미꾸라지의 수수께끼가 저절로 풀리기 시작했다. 그날 소나기 타고 하늘에서 내려 온 것이 아니라 빗물타고 거슬러 올라왔다가 나한테 우연히 발각이 된 것이란 걸.

그럼 인어 이야기도 그냥 그 어부가 지어낸 거짓말은 아닐 것이고 혹시 환상을 본 건 아닐까.

지혜롭지 못한 여자

삼형제가 건재해도 제일 맏형님께서는 제사를 맡을 상황이 못 되고, 둘째인 우리는 기독교 신자이니까 할 수 없고, 그래서 셋째네로 제사가 어쩔 수 없이 돌아갔다. 셋째는 어머니께서 좋아하는 불교 신자이기도 해서 어머님께서 강력히 원하신 결정이었다. 또 어머님 말씀이 제사를 모시는 집이 잘 산다고는 하셨지만 이 결정은 잘못된 것이 분명하다. 형들을 두고 막내인 셋째가 중책을 맡는다는 것부터가 매우 불공평한 처사였다. 사정이야 어떻든 해를 거듭 할수록 불만은 쌓이기 마련이다. 쌓인 것은 반드시 폭발할 수밖에.

드디어 제기와 병풍이 택배로 부쳐오고 다시 제사는 원점으로 돌아왔다. 맡을 형편이 못되면 할 수 없는 것이었다. 사정이 이렇다 보니 도저히 더 이상 어떻게 할 수도 없고 해서 "제가 해 보겠습니다. 준비는 해드리겠습니다" 했다.

나는 예수를 믿으니 제사는 지낼 수 없고 몸으로 때우는 모든 준비를 자청할 수밖에 없었다.

의외의 제안에 반가워하시면서 "예수 믿으시는데 그래도 되겠습니까?" 하니, "예수 믿으면 부모도 없답니까?" 하고 웃었다.

이리하여 제사를 준비하게 되었다. 부모님을 향한 미풍양속이거니 생각하면서 격식도 모르는 채 준비를 했다. 이 딱한 사정을 교회서는 시숙님을 교회로 인도하면 가장 간단히 해결할 수 있는 방법이라고 권했다. 그렇게 선교가 쉬울 것 같으면 왜 지금까지 그 어려운 길만 걸었겠는가. 제사 문제가 그토록 절실하신 분께 개종이나 선교가 될 수도 없을 뿐 아니라 어머님 생전에 그 엄청난 종교 갈등으로 어려웠던 일은 지금 생각해도 보통 괴로운 일이 아니었다.

그것은 고부 갈등 정도가 아니고 무서울 만큼 깊은 골이 되어 가족의 뿌리를 흔들었다. 예수 믿는 며느리가 와서 부모 자식 간 연을 끊는다느니, 너는 믿더라도 자기 아들은 놓아 달라고 할 때는 이혼이라도 시킬 작정 같았다. 이때는 서로가 괴로웠다. 별별 악담과 질시로 들볶였지만 박해와 수모가 심하면 심할수록 오히려 믿음은 안으로 다스려지기 마련인 것 같았다. 단련의 기회라고 할까. 차라리 상대의 종교도 인정할 수 있는 자비는 어디 갔을까. 종교 문제가 아니라도 고부 갈등은 하늘이 내린다는데 우리의 갈등은 차원이 다른 이중 고통이었다.

어머니가 어쩌다 오시는 날은 현관에 붙은 교패도 떼고, 성경과 찬송가를 감추어 어머니 심기를 건드리지 않으려고 온 식구가 얼마나 부산을 떨고 조마조마 했던지. 종교 자유의 사회답지 않게 우리 가정의 종교 평정은 요원했다.

이러니 어머니 마음에 한 곳도 들지 못하고 그 불효는 그지없었다. 봉제사 접빈객을 가장 중요시하는 어머님의 사상을 생전에 받들지 못한 죄가 크다. 또 시아버님과 친정아버지의 기일이 같은 날이다. 당연히 친정에는 한 번도 갈 수 없었으니 친정 올케는 그래도 기독교 신자인 시누이를 이해해 주었다. 그러나 믿음 좋은 딸은 이 어미를 지혜롭지 못하다고 다그쳐도 할 말이 없다.

내 이런 마음을 하나님이 알아줄까?

선교장에서 6F 장지채색

삶과 죽음

간단한 수술이니 걱정 말라고 해서 마음을 가볍게 가졌다. 아침 아홉시에 시작해서 정신을 차린 것은 오후 한 시쯤이었다. 그저 싫 컷 자고 깬 것 같은 기분인데, 잠을 잤다면 아무리 잠결이라도 충격 이나 조그만 소리에도 귀가 열릴 수도 있는데 이건 전연 다른 상황 이다.

마취상태 그 몇 시간은 완전히 죽어 있는 죽음의 체험이었다. 체 험이라면 상황이나 느낌을 육체나 정신적으로부터 얻어지거나 감 지되는 게 있어야 하는데, 조금도 그렇지 않고 정신을 다시 차렸다 는 것만이 죽음에서 돌아올 수 있었던 것이다.

어떤 이는 죽음의 체험을 천당에 갔다 왔다는 이도 있고 또 지옥 에 가서 누굴 만났다는 이도 있다는데 경우가 다르겠지만 인공적인 약물마취와 그냥 자연적인 실신상태의 차이인지도 모른다.

아무것도 본 것도, 간 곳도, 만난 것도 없이 그 몇 시간을 잠보다 더한 암흑의 시간을 보낸 것 같다. 만약 이대로 못 깨어날 수도 있는 의료 사고도 종종 들었지만 그대로 계속되었다면 곧 바로 죽음이었을 것도 잠시 생각해 본다.

　죽음! 죽는다는 것은 이 보다 더 쉬울 수는 없다. 그래서 자살도 하나 보다. 깨어나지 않았다면 우선 준비 없이 당하는 가족은 마른 하늘에 날벼락이며 당황하고 그 다급함이 얼마나 처절했을까. 또 정리 하나 않고 그대로 펼쳐두고 온 그 자리를 누군가 뒷정리할 때 치부를 들키는 생각을 하니 기가 막히고 코가 막혔다. 아무튼 무사히 깨어난 것은 너무 감사했다.

　일찍이 청춘에 요절한 언니가 생각났다. 당시 언니의 죽음은 우리 집 대들보가 무너지게 했다. 사십 년이 훨씬 지난 지금도 남아 있는 가족에게는 아직도 마르지 않은 슬픔이 그대로 고여 있다. 또 얼마 전에 유명을 달리한 막내 동생을 생각하면 죽는다는 것은 그렇게 멀리 있는 것도 아니고, 남의 일도 아니고, 우리 일상과 구별이 명확한 것만은 아닌 것 같다.

　지난날 학생 시절 매우 유능한 수학 선생님께서 반죽음은 아직도 살아있는 상태가 분명하고, 반 삶도 분명히 살아있는 상태이므로 죽음과 삶이 같다는 것을 요연하게 증명해 주었다.

　삶과 죽음은 학문적으로도 구별이 아이러니하다고 할까 물론 유머지만.

　이번 죽음의 체험에서 다행히 얻은 것이 있다면 죽음을 맞이한 당사자는 깊은 잠이라고 하면 깨어나는 시간이 있지만, 영원한 잠이라고 하면 다시 깨어나지 않는 잠이라는 것이다.

당사자 본인은 이별의 슬픔이나 더한 애착도, 아니 사랑하는 가족도 다 놓고 떠나는 애절함도, 홀가분함도, 그보다도 더 한 것이 있다 한들 그 모든 것이 암흑 속으로 까맣게 덮여 버리고 만다는 것이다. 그것은 편안함, 영원한 평화일 수도 있다.

그러나 애간장을 끓이고 식음을 전패하고 기력마저 쇠잔해져 고통 속에서 눈물로 보내는 절규는 산자의 몫이라는 것. 남은 자의 불행이다. 또 '산 사람은 어떻게라도 산다'는 말도 맞는 말이지만 '어떻게'라는 속에 슬픔 고독 절망 세상의 온갖 불행을 다 싸잡아 안아야 한다.

'죽는 자만 불쌍하지.' 이것은 맞지 않다고 생각한다. 죽은 자는 오히려 무책임(?)한 것 아닌가 아무리 잘 봐주고 싶어도 그렇다.

그토록 사랑하고 아끼던 가족을 두고 떠나는 그 속은 가고 싶어 갈까 마는 해결자가 없으니, 실은 더 좋은 천국으로 갔지만 단지 다시는 만날 수 없는 영원한 이별이 우리를 그토록 절망케 할 뿐 그래도 살아있다는 것은 계속할 수 있는 노력, 추구할 수 있는 방향의 모색, 책임감 등 중요한 역할들이 많다.

현자는 '내일 죽는 것처럼 살라'고 한다. 그럼 그날이 바로 내일이 될 수도 있다는 말이다. 그 내일이 오기 전에 얼른 뒤뜰에 사과나무를 심고, 부채가 있으면 정리하고, 남은 자에 대한 배려로 맛있는 반찬을 만들고 빨래를 하고 청소며 정리 정돈을 하고 그동안 사랑에 보답하는 감사의 편지를 쓰고 싶다.

현대 미술의 경향을 압축하는 베니스 비엔날레 주제가 '잡을 수 없는 시간, 피하지 못할 죽음' 이라고 했다. 예술이 추구하는 창작이나 아름다움도 시간과 죽음을 모면할 수 없으니 승화시켜 보자는 취지인 것 같다. 정말 피부로 느낄 수 있는 적절한 주제 선정이었다. 이번 체험은 죽음을 가까이 생각해 보는 좋은 기회이기도 하다. 잡을 수 없는 시간 피하지 못할 죽음이라는 당연한 너무나도 당연한 주제는 아마 모든 살아있는 자들이 해결하고자 하는 숙제임을 아니면 받아드리는 방법론을 숙고해 보라는 취지는 아니었을까.

세계 정보기술 생태계를 흔들어 놓은 애플사의 스티브 잡스도 '삶은 영원치 않아요. 낭비하지 마세요' 라고 했다. 이것은 살아 있는 자에 대한 가장 진정하고 친절한 애정 어린 부탁인 듯하다. 이미 암으로 몇 번의 고비도 있었던 천재가 끝이 보일 듯한 삶을 낭비하고 싶지는 않겠지. 이해가 되고 감동스럽다. 날마다 세계를 놀라게 하는 그의 무한한 도전은 정말 위대하다. 그의 가능성은 살아 있다는 증거이기도 하다. 낭비 없는 그의 삶에 뜨거운 박수를 보낸다. 꼭 천재의 삶만 위대하다면 그것은 슬프다.

육십 여년 전 유월 어느 깊은 계곡에 싸늘히 식어가면서 잠들었을 이름 모를 병사의 모습이 누구 못지않게 갸륵하고 위대하다. 그가 지킨 충실했던 임무는 이 땅에 찬란한 꽃을 피웠다. 꽃다운 아내가 혹 유복자라도 키웠다면 그것은 더 위대한 역사이고 자랑이다. 그리고 세상을 변화시킨 원동력의 시원이 바로 당신이라고 외치고 싶다.

영원한 이별은 슬플지 몰라도 잊혀지지 않는 당신의 모습은 그대로 가슴에 간직합니다.

민들레 2F 장지채색

작은 우주

남향인 베란다에는 종일 따뜻한 볕이 꽃도 피우고 빨래도 잘 말린다. 불현듯 좋은 양지에서 장을 담그고 싶었다. 요즘은 살면서 놓친 것이 새삼 귀중하고 아쉬워 다시 해보고 싶은 것도 많고 돌아가고 싶은 곳도 많다. 귀소본능歸巢本能 같은 현상인지 비슷한 증세로 자주 앓는다. 그리운 추억 때문일까 흘러버린 세월이 아쉬워서일까.

항상 일한다는 핑계로 시간도 없었지만 살림살이에는 별 취미도 없고 재주도 없는데 김치나 간장, 된장은 양가 어머니들로부터 충분한 공급이 나를 더 침체케 했는지도 모른다. 호강에 겨운 변명이기도 하지만 사실 우리 시어머님 음식 솜씨는 지금도 그 맛을 아는 이웃들이 다들 못 잊어 할 정도로 대단하셨다. 그렇다 보니 어중간한 솜씨는 섣불리 내놓지도 못하고 점점 오그라들 수밖에.

어린 시절 정월이면 어머니는 날씨도 추운데 말날(午日)이라고 장을 담그셨다. 풀 먹인 하얀 앞치마로 야무지게 감싸고 머리에는 흰 수건을 머리카락 하나 흐르지 않게 단단히 쓰시고 키 높이만한 독에다 짚불을 놓아 소독한 다음 깨끗이 씻어 말린 매주를 넣고 소금을 녹이고 대소쿠리로 거르고 가라앉히는 작업이 아침부터 시작되었다.

나는 잠깐씩 심부름이나 하는 정도였고 그저 장 담그는 연중행사이려니 했는데 어머니께서는 중요한 가정사의 덕목을 수행하는 비장한 각오로 임하신 것임에 틀림이 없었다. 복장부터 완벽한 태세로 갖추신 모습은 매우 근엄하기까지 하셨다. 그 정경이 엊그제 일 같은데 그동안 많은 세월은 돌아올 수 없는 강물이 되고 말았다.

2월이니 음력으로 정월, 장 담기에 적절한 시기다.

소금을 녹인 물에 계란을 띄워 동전만한 동그라미가 생기면 적정 염분 농도란 친구의 조언을 잘 기억했다. 매주도 넣고 마른 고추 몇 개와 대추와 참숯을 띄우니 장독은 추억의 모습으로 금방 재현되었다. 너무도 정겹고 해냈다는 뿌듯함으로 약간 흥분이 되기도 했다.

빨강과 검정색이 강조된 항아리 속은 동그란 액자가 되어 추상적인 예술 작품으로 탄생되었다. 들며나며 감상하는 재미가 쏠쏠했다. 온 겨우내 피는 꽃이 고마워 매일 들여다보고 했는데 이제는 그 사랑과 관심이 새로운 작품으로 옮겨진 셈이다. 꽃들에게는 좀 미안하지만 마음을 속일 수는 없었다.

추상적인 작품 동그란 액자 속은 꽃보다도 더 아름다웠다. 어쩌면 작은 우주 같기도 하고 보면 볼수록 무한한 그리움으로 상념에 젖을 때는 헤어진 혈육을 생각하면서 눈물짓기도 했다.

옛날 장광을 드나드시던 어머니의 심정을 이해할 것 같기도 하다. 그때 어머니는 무슨 생각을 하셨을까.

가족의 먹을거리를 보살피는 중대한 책임과 실용적인 간절함이 독을 윤이 나도록 닦고, 맛을 감정하고, 뚜껑을 열어 볕을 쬐아주고, 비를 피해 덮어 주고, 당신의 온갖 정성을 쏟으며 열정과 나름의 철학을 세우셨을 것이다.

어머니, 이제 저희들도 하나 둘 어머니 곁으로 가는군요.

빨간 고추와 대추알이 떠 있는 새로운 우주 속에는 간절한 그리움도 함께 섞여 장맛이 진하게 우러나고 있었다.

잊혀진 연인

여행이 끝나면 준비할 때보다 무척 해이해진다. 긴장도 풀리고 피곤도 하지만 강박감이 사라져서 뒷정리가 금방 되지 않는다. 오늘은 며칠째 밀쳐 두기만 했던 여행 뒷정리로 가방을 치우려고 창고를 열어 보니 물건들이 뒤엉켜 있었다. 대강 정리를 하는데 무심코 밑에 깔린 가방끈을 당겨 보다가 깜짝 놀랐다.

그것은 오래 전에 무척이나 애용했던 핸드백이었다. 거금을 들이기도 했지만 77년도에 상경한 기념으로 남편이 마음먹고 사준 추억이 어린 선물인데 어찌하여 그동안 완전히 존재마저도 잊고 지냈다.

검은색에다 자루처럼 깊이가 깊고 디자인이 단순했다. 그 당시에는 핸드백이 아담한 것이 유행인데 이것은 깊이가 한 40cm 정도로 깊고 넉넉한 커다란 사이즈였다. 요즘은 명품 가방도 큰 것이 유행의 대세이지만 그때는 그 가방을 들고 나서면 남들은 자루 멘 것 같다고 아주 생소해 했다.

예쁘거나 장식이 특별히 있는 것도 아닌 그야말로 밋밋하고 큼직한 게 마음에 들어서 선택한 것이다. 책도 몇 권 넣기 좋고, 더구나 1박2일 정도 간단한 여행에는 적당히 요긴해서 다른 들 것이 필요치 않아 참으로 애용했는데 언제부터인가 잊어버리고 살았다. 어쩌면 원인도 이유도 모르게 그 가방 자체를 까맣게 잊은 것이다.

가방이 커서 가죽이 많이 들어서인지는 몰라도 보통 가방의 몇 배의 값을 치른 것 같은데, 아무리 값이 비싸고 명품이면 뭘 하나, 좋아해서 즐겨 애용했으면 무슨 소용이 있나, 몇 해를 완전히 기억도 없이 존재조차 잊어버린 걸 보면 사랑했던 사람도 이렇게 잊을 수도 있겠구나 싶다. 죽은 여자보다 더 불쌍한 것은 잊혀진 여자라고 했거늘 본의 아니게 실수를 한 것 같다.

더구나 무거운 짐에 짓눌리고 밑바닥에 깔려서 모양은 찌그러지고 바닥 습기로 인해 색깔은 변한 정도가 아니라 곰팡이가 심해서 무서울 정도로 썩어 있었다.

아, 이 얼마만의 재회가 이렇게 비참하다니, 늙고 병들고 몰골이기가 막혔다. 꼭 노숙자 행색임이 틀림없었다. 이럴 수가 있나. 도저히 본연의 가방으로는 이미 생명을 잃은 그냥 더러운 쓰레기에 지나지 않았다. 오래전 헤어졌던 첫사랑의 불행을 마주한 기분이랄까 그저 미안하고 당혹스러웠다. 내 마음이 이런데 본인은 얼마나 자존심에 먹칠이 되었을까. 처음 선물을 받고 행복했던 기억도 그저 미안할 뿐이다.

그나마 사연이 있고 추억이 있었으니 당장 포기가 되지 않아 속을 열어 보니 말라버린 모나미 볼펜이 굴러 떨어졌다. 그리고 검정색 그물코 장갑이 바닥에 늘어져 있었고 안주머니를 뒤지니 이름 모를 알약 캡셀 두 개와 중앙극장이라고 쓰인 좌석표 한 장이 있었다. 오랜 무관심이 이들에게 기다리다 지쳐 포기할 수밖에 없는 절망으로 생을 마감한 비애가 묻어났다.

명동 입구에 있는 중앙극장인 것 같은데 무슨 영화를 봤을까? 제목은 뭘까? 누구와 같이 갔을까? 아무리 생각해도 녹 쓴 추억의 필름은 재생이 되지 않았다.

걸레를 꼭 짜서 곰팡이를 여러 번 닦아내고 볕에 말리면서 통풍을 시키고 잃어버린 기억을 살리듯 뻣뻣한 피부에다 콜드 크림으로 마사지를 하고 닦고 또 닦고 몇 번을 정성을 쏟아 가며 되풀이했다. 신문 뭉치를 만들어 가방 속에 넣고 삐뚤어진 형질을 바로 잡기도 했다. 하루 종일 내내 가방하고 씨름하느라 다른 일은 제쳐놓고 매달렸다. 청춘은 돌이킬 수도 없지만 마사지 덕분인지 윤기가 조금은 감돌고 어지간히 제 모습이 나왔다. 다시 사용해도 괜찮을 것 같다. 요즘은 더구나 큰 가방이 유행이니 헤진 곳은 있어도 영판 쓸만하다. 이상하게도 마음이 점점 편해졌다.

그렇다. 남대문 뒤 지하도는 노숙자로 우글거렸고 냄새가 얼마나 지독한지 코를 막고 지날 수밖에 없었다. 그들을 큰 목욕탕에 집어넣고 새옷을 마련한다면 틀림없이 멀쩡할 것이다. 그 많은 선심쟁이 정치인들은 거기까지는 역부족인가 아니면 눈과 귀를 막고 사는지.

썩은 가방도 닦아 보니 괜찮아서 별 생각이 다 든다.

믿는 구석

생각하면 건강하게 마무리할 수 있었다는 것이 감사하다. 퇴직하면서 모든 것이 끝났다고 생각하지는 않았다. 처음 교사 임명을 받았을 때와는 또 다른 새로운 임무를 부여받은 기분이었다. 이번에는 불안보다는 안정되었고, 욕심 보다는 한없이 겸허할 수 있었다. 흥분보다는 이성적이었으며, 두려움보다도 차분한 도전이었다. 아마도 그동안 경력에서 얻은 자산인 것 같다. 늦었다고는 생각되지 않았다. 지금부터 하고 싶은 일, 하고 싶었던 일을 찾았다.

1 해외여행, 2 외국어 공부, 3 서예, 4 그림 공부. 계속 떠올랐지만 우선 네 가지만 뽑았다. 사실 그때까지도 아이들이 학업을 다 끝낸 것도 아니고, 그러자니 하나도 결혼 시킨 것도 없고 할 일은 아직 태산이 가려 있는 상태라고나 할까. 그렇지만 나는 믿는 구석이 있었다. 연금이 있으니 내 할 몫은 안 하겠나 하는 자부심이 은근히 마음 한구석에 있었다. 말하자면 연금은 내 자존심인 동시에 삶의 원동력이라고 할까.

여행을 시작으로 하나하나 활동을 펼치고 있는데 난데없이 남편이 지방으로 전보 발령이 나서 잠시 당황스러웠다. 본인은 혼자서 가겠다고 하지만 그럴 수는 없어 따라나섰다. 낯선 곳이지만 여기서도 찾으면 내가 할 수 있는 일이 얼마든지 있을 것 같았다. 여기서 얼마나 살게 될지는 모르지만 있는 동안 좀 더 보람된 일이 뭘까 생각하는데 남편의 제안으로 우리는 골프를 배우기로 했다. 호기심도 생기고 괜찮을 것 같아서 당장 등록하고 렛슨을 받았다. 전혀 생각지도 못했던 새로운 도전이 시작되었다. 산다는 것은 역시 재미있었다.

그러면서도 싸들고 간 벼루 보따리를 펴 놓고 혼자서 연습을 하는 중에 그곳 문화원에서 백석佰石 선생님을 만나 사사하게 되었다. 크나큰 행운이었으며 굉장한 수확이었다. 그런 중에도 해외여행 스케줄이 잡히면 망설임 없이 나섰다. 이러다 보니 퇴직 후가 더 바쁠 수밖에 없었다. 서울에 있으나 지방에 내려와 있으나 항상 바쁜 건 똑 같았다.

그러는 동안 남편은 다시 서울로 돌아오게 되고 우리는 다시 집으로 아이들과 합치게 되었다. 지나고 보니 그 3년은 꼭 번개처럼 빠른 세월이었다고 표현하고 싶다. 처음으로 배운 운동은 도끼자루 썩는 줄도 모를 만큼 신선놀음이었고, 새로운 친구를 사귀고 어울렸던 많은 그 즐거운 시간들은 너무나 아름다운 추억으로 내 인생에서 잊을 수 없는 감동이었다.

상경하자 곧장 홍대 평생교육원에 등록하고 화가 정림靜林 선생님을 모시고 그렇게 오래 꿈꾸고 소망하던 그림 공부를 시작했다. 나그네의 오랜 방황이 끝나는 것처럼 이제야 자리를 잡으니 고향으로 돌아온 기분이다. 모든 일은 시작이 반이라고 대한민국 미전에 도전하면서 혼신을 다 쏟기도 하고, 많은 경험이 결국은 입선이라는 작은 쾌거를 거둔 기쁨도 안아 봤지만 역시 예술은 고도의 창의력과 고뇌의 산물이며 자기 해탈의 경지가 요구되는 구도의 길인 것 같다.

젊은 날 교육현장에서 열정 하나로만 쏟았을 때는 꽃처럼 피어나는 변화무쌍을 경험했다면 새로운 선택은 그 반대라고 할 수 있다. 혼자만의 싸움이며 더 많이 고민하고, 더 많이 노력하고, 말할 수 없는 고독의 나락으로 빠질 때도 한두 번이 아니었다. 어쨌거나 삶이 끝나는 날까지 운명을 같이 한다고 생각하며 너그럽게 마음 가져본다.

제일 열심히도 못 하고 진전도 없이 고전하는 것이 외국어다. 손자들한테 왕따나 면할까 싶어서 시작한 일이 건만 지난날 아이들을 지도할 때 못한다고 몰아세웠던 부끄러운 일들이 생각난다.

운동도 해야 하고 여러 가지로 바쁘다 보니 자연히 집안 살림은 밤 시간으로 밀려 났다. 기본적인 것은 현직에 있을 때부터 숙달(?)된 솜씨라 별 문제는 없었다. 오히려 그때 보다 아이들이 다 커서 도와주기도 하니 지난날에 비교한다면 나귀 타고 양주목사 가기인 셈이다.

학교 근무할 때 그 칼처럼 철저하던 출퇴근이며 틀에 박힌 듯한 생활에 비해 지금이 더 바쁘고 더 눈코 뜰 새 없는데, 오히려 자유롭고 여유가 있다.

마음의 여유겠지만 중요한 것은 이렇게 행복할 수가 없다. 꿈같은 나날들이 매일 매일 새롭다고 할까. 이래서 인생은 육십부터라고 했나 싶다. 지금은 칠 팔십으로 늘어났는지 모르지만.

잦은 해외여행은 길면 한 달이 넘을 때도 있었다. 가족들의 이해와 도움 없이는 어려운 일이다. 언제나 그들은 엄마의 인생 2막을 응원해 주어서 고마웠다.

사실 나는 정년퇴임이 아닌 명예퇴임을 했다. 퇴임을 결정하기까지는 남편의 적극적인 권유에 의해서 할 수 없이 10년을 앞당기는 아쉬운 결단을 하게 되었다. 큰 아들과 딸은 아주 환영하는데, 둘째 아들은 "엄마, 엄마처럼 안정된 직업, 그것도 서울에서, 얼마나 많은 사람들이 부러워하는지 아세요? 저는 반대예요" 하고 철없는 어미에게 일침을 놓았다.

그때 남편이, "아니야 엄마는 쉬어야 해. 엄마는 쉴 자격이 있어." 하며 이렇게 막무가내였다.

지금 생각하니 그때 그 결단이 너무나도 감사했다. 오지여행, 히말라야 등반, 다 그나마도 젊음이 남았을 때였으니 가능했다고 생각한다.

이토록 내 스스로도 용기 있게 도전할 수 있었던 것은 가족과 연금이 있었기 때문이다. 바로 나의 저력이었다. 믿는 구석인 것이다.

이제는 아이들도 다 결혼해서 나름대로 떠나고 지금은 다시 출발

푸른보리 6F 장지채색

점으로 돌아온 기분이다. 앞으로의 시간이 얼마나 주어질지는 알수 없지만 지금은 건강의 시대, 장수의 대열에서 욕심 부릴 것도 없고 그렇다고 넉넉하지는 않지만 부족하지도 않다. 자식에게 손 벌릴 일도 없고 눈치 볼 것도 더더욱 없다. 그저 손자 손녀들의 귀여운 모습에 정을 쏟으면서 살고 싶다.

지구상에 많고 많은 나라 중에도 이 땅에 태어나게 해주시고 더구나 훌륭한 부모 아래서 좋은 인연 만나게 해주신 하나님의 은혜가 항상 강물처럼 차고 넘친다.

이제는 주변을 정리하고 자서전이라면 너무 거창하지만 그저 지금의 이 감사함을 남기고 싶다. 남편과 자식, 형제, 친구, 이웃들에게 고마움을 전하고 그들 모두에게 진정으로 사랑한다는 고백을 하고 싶다.

이 작업을 좀 더 알차게 가꾸고 싶어서 고려대학 수필문학 강의를 경청하고 있다. 남기고 떠나도 부끄럽지 않을려면 시간이 넉넉히 필요한데 그것이 10년이면 될까?

젊은이들은 신선하다. 그 틈에서도 당당할 수 있는 것은 믿는 구석이 있어서 일까?

오바마 할머니

해마다 겨울이면 우리 내외는 아들네한테 가서 한 철을 보내고 온다. 추위도 추위지만 한국의 겨울은 노인들이 운동하기에는 좀 추운 편이다. 필드가 얼고 눈이 오면 공을 칠 수가 없다. 남들은 따뜻한 곳으로 원정도 가는데 우리는 자식 사는 것도 보고, 손자들 자라는 모습도 볼 겸 겸사겸사 운동도 좋은 조건에서 하고 온다.

그렇게 연례행사가 되어 버렸다. 그 바람에 손자들과의 추억이 많은 편이다. 며느리와 외출할 때는 곧잘 손자를 들쳐업고 따라 나선다. 시켜서가 아니라 내가 업고 싶어서 하는 짓이다. 그때만 해도 그곳 사람들은 아기 업은 모습을 매우 신기해 했다. 구경거리처럼 등에 업힌 아기를 돌아가면서 살펴보기도 하고 아기를 어르기도 했다. 아기가 어디 불편하지나 않을까 염려가 되는 모양인데 아기는 등에 업혀서 너무 행복해 하고 있었다. 다 우리 조상 때부터 전해 내려오는 아기 보는 방법이라고 떳떳하게 설명해 줄 수 있었다.

나중에 들은 얘기인데 내 친구도 미국 아들집에 가서 손자를 업고 봐줬더니 며느리가 "어머니 누가 보면 창피하니 내려놓으세요"

해서 그 후로 다시는 업지 않았다고 했다. 사실 아기는 안고 보면 팔이 아프고 힘이 무척 드는데 업으면 힘도 덜 들고 좀 쉽다고나 할까. 또 아기와 내가 한 몸처럼 착 달라붙어서 체온을 느끼고 심장 박동을 느낀다는 것은 사랑하는 방법 중에도 제일인 것 같다. 행여 다리가 불편할까봐 그저 살피면서 아기 엉덩이를 양손으로 받혀 가면서 춤을 추듯이 걸어가면 아기도 행복해 하고 나는 더 행복하였다.

그 손자 손녀가 자라는 동안 여러 가지 정겨웠던 일들은 지금 와서 보니 하나하나가 다 보석 같은 행복이었다. 우리가 떠나올 때는 으레 울고불고 이별 극이 벌어진다. 손녀는 몇 시간씩 울어서 목이 쉬고 같이 울다보면 눈이 퉁퉁 붓고 또 만나는 이별인데도 해마다 반복되는 별난 촌극이 벌어졌다

손자가 유치원 다닐 무렵이었다.
"할머니, 할머니 옷 한 가지만 두고 가셔요"
옷이라도 두고 보겠다는 손자의 순정에 감동해서 옷을 벗어놓고 울던 일, 손녀의 섬세한 손길로 메니큐어 칠, 윷놀이, 공기놀이, 재미있었던 시간들….

그들은 정말 눈에 넣어도 아프지 않다고 표현해야 하나.

학교에 들어가면서 그곳 말을 쓰자니 우리말 쓸 기회는 점점 줄어들고 그래도 초등학교까지는 손녀가 우리말을 잘 했는데, 손자 한글 실력도 좋았는데 요즘은 점점 말을 안 하니 글씨마저 잊어버릴 것 같아 속이 탄다. 중학교 가고 사춘기가 오고 숫제 이 말이고 저 말이 다 적어지니 그 속에서 우리말을 잊어 먹지 않고 얼마나 버

터줄까 싶다.

모국어의 필요성을 주장하고 글로벌시대 언어의 역할을 강조하면 알아는 듣는데 쉬운 일은 아닌 것 같다. 더구나 저희 부모들마저 "관두세요. 저들이 알아서 할 거예요." 점점 속 터지는 소리만 한다. 이 집은 부모가 우리말보다 아이들과 함께 영어만 쓴다. 다시 설명하기 귀찮아서 그냥 쓴다나. 그 문제로 아들 며느리와 싫은 소리도 여러 번 있었다. 멀지 않아 의사소통의 길은 점점 좁아지고 대강 겉 핥기식으로 겨우 유지가 된다면 남이나 다를 게 뭔가. 자식도 마음대로 안 되는데 손자들은 더군다나. 그동안 생각하면 억지 부린 것도 부끄럽다.

구구단 없는 나라에 가서 윽박지른 것도 얼마나 웃기는 일이었던가. 교육 그 자체가 과정을 중시하는 사회에서 "너는 구구단도 모르니? 한국은 2학년이면 배우는데"라는 말이 얼마나 부끄럽고 무식한 조언이었던가. 구구단처럼 완성된 결과에 앞서 생각하는 차원의 경지를 부여해 스스로 결과를 구하게 하는 심오한 철학이 있는 높은 수준의 교육을 몰라본 주제에 꼭 옛날 시대에 뒤떨어진 할머니가 간섭하시던 그 모습이 바로 지금 나와 다를 게 하나도 없었다.

이제는 우리도 계속 다닐 수는 없다. 오랜 시간 비행기를 타기도 힘들고 건강상 운동도 점점 줄일 수밖에 없다. 그만 다니겠다고 선언하고 이제는 너희들이 다 자랐으니 다니도록 부탁했다. 별일 아니지만 이런 것이 다 늙는 순서라고 생각하니 서글프지만 끝까지 계속할 수는 없지 않은가. 이쯤에서 정리하는 것이 옳을 것 같다. 누군가 말했지. 해외 자식은 해외 동포일 뿐이라는 표현이 무섭게 떠

오른다. 그러나 너희들은 세상 어디에서도 나의 손자요, 영원한 나의 천사들이다.

오랜만에 돌아오니 "오바마 할머니, 잘 다녀오셨어요?" 모두들 반가이 맞아 준다. 손자들이 받아온 오바마 대통령상 때문에 붙여진 택호를 불러줬다.

나의 천사들이 있었기에 우리는 그동안 줄기차게 다니면서 얼마나 행복했던가. 정말 해외 동포일 뿐일까?

접시꽃 20 F 장지채색

아름다운 사람들

수업이 시작되고 시간이 좀 지난 다음 교실 문을 열고 들어서는 이는 언제나 S여사였다. 그는 자주 늦었는데 오늘도 지각을 했으니 주눅이 들어서 고개를 떨구고 뭐가 그렇게 미안한지 부끄러워서 얼굴도 못 들고 있다.

어느 누구도 그의 지각을 나무라거나 탓하는 사람도 없거니와 지도 선생님도 전연 개의치 않으시는데 그는 고양이 걸음을 하고 제일 뒤로 가서 조용히 펼쳐 놓고 준비한 먹물을 적셔서 쓰기 시작했다. 그래도 한 번 빠지는 일 없이 꼭꼭 출석하는 것만 봐도 보통 열성파는 아닌 것 같다.

S여사는 집이 시내에서 한 이십 리나 떨어진 농촌이어서 여건은 많이 힘들어도 좋은 취미를 가지고 시간을 어렵게 만들어 내는 걸 보면 참으로 대단했다.

어떤 때는 일하다가 급히 오느라고 옷에 흙이 묻어 있기도 하고 심지어 손톱에까지도 흙물이 배어 있었다. 햇볕에 얼굴이 타서 검게 그을려 있는 모습은 농촌의 말할 수 없는 고단함이 그대로 역력해서 그를 보고 있으면 늘 평안한 내 자신의 생활이 부끄러워 숙연해지기까지 했다.

유독 사치하고 메니큐어 칠한 회원들이 그를 그렇게 주눅이 들게 했는지도 모른다. 그렇지만 우리는 글씨를 쓰는 동안만은 모두가 열심이고 붓끝으로 정신을 모을 때는 그야말로 삼매경으로 완전히 몰입이 된다. 지도 선생님 방침이기도 하지만 말소리 한마디 들리지 않는 열기로만 가득 찬 교실이 된다.

배울 수 있다는 것에 감사했다. 시작이 반이라고 조금씩 작은 발전을 볼 수 있다는 것은 행복이었다. 아주 미미한 변화지만 위대할 수도 있고 살아 있는 가장 소중한 체험이기도 하다.

공부를 마치고 돌아 갈 때는 언제나 허름한 트럭 한 대가 밖에서 대기하고 있었다. S여사 남편 되는 분이 아내 공부가 끝나는 시간에 맞춰서 칼같이 기다리고 있었다.

그들 부부는 잘은 모르지만 아직은 사십대 초반인 것 같은데 농사도 짓고 과수원도 경영한다고 하니 그 영농 규모가 간단할 것 같지는 않아 보였다. 부인이 글씨 공부를 하는 동안 남편은 생산된 농산물과 채소 과일 등을 시장에서 팔다가 아내를 시간 맞춰 데리러 온 것이다. 어떤 때는 물건을 미처 팔지 못하고 남겨 왔을 때는 회원들에게도 나누어 주기도 했고, 가을에는 맛있는 사과도 자주 얻어 먹었다. 또 해마다 공부하는 교실에는 상자째 드려줘서 전 회원이 파티를 할 정도였다. 그 남편도 비록 볕으로 검기는 해도 키가 크고

기골이 장대한 미남 청년이었다. 보기에도 우수한 영농자임이 건강하고 진실한 모습에서 그대로 나타났다.

농촌은 언제나 눈코 뜰 새 없이 바쁘고 일이 많아 심지어 고양이 손도 빌리고 싶다는 말도 있는데, 그 와중에도 부인의 취미생활을 진심으로 도와주고 이해해 주는 그 남편이 너무도 멋져 보였다.

순종이 몸에 배어서 정말 모든 것을 다 줘도 아깝지 않는 부인의 내조가 그런 훌륭한 남편을 만든 것 같기도 했다. 하여튼 천생연분이라든가 원앙 같다는 말은 이들에게 잘 어울렸다. 이 부부야 말로 부부라는 태초 제도가 목적했던 모델이 아닌가 싶기도 했다.

남편은 부인을 끔찍이도 도와주고 이해하고 무시하지 않고 아껴주는 진실한 모습, 야단스럽지도 않고 순순하니 서로의 행동에서 사랑과 믿음이 습관처럼 자연스러웠다.

키도 별로 크지 않는 S여사는 언제나 조신하고 떠드는 법이 없고 항상 겸손했다. 더욱 예쁜 것은 언제나 미소를 잃지 않은 부드러운 표정이다. 좋은 옷을 입은 것도 아니고 화장을 한 것 도 아닌 쌩얼 그대로인데 옷을 잘 입고 손톱칠이 잘 되고 고운 피부의 어떤 미인도 S여사만큼 아름다움을 뿜어내지는 못했다.

S여사한테 분명 지금의 처신은 획기적이고 과감한 용단이다. 일주일에 한 번의 나들이는 농촌생활 그에게는 일탈일 수밖에. 오직 그 용기는 멋있는 남편의 사랑이 밑받침된 합작품이 아닐까.

농촌의 여건은 호락하지 않음도 다 아는 사실이다. 물론 재배 과정도 힘들고 어려운 건 말할 것도 없지만 수확한 작물 또한 그냥 상품이 바로 되는 건 더욱 아닐 것이다. 하나 하나 선별하고 채소는 다듬고 단을 만들고, 좋은 상품이 되도록 신선도를 위해 이른 새벽부터 얼마나 많은 손길이 필요했을까.

남편은 농산물을 팔기 위해 시장으로 가고 부인에게는 황금 같은 시간이 할애되었을 것이다. 십분 이십분 지각하는 그 모습은 차라리 존경스러웠다.

젊은이들이 계획과 꿈을 갖고 사는 모습이 기특했다. 처지를 바꿔보기도 했지만 부끄러울 뿐이다.

현명함과 지혜가 없는 용기는 오히려 무모할 수도 있고 만용이 될 수도 있다. 항상 겸손한 S여사는 침착하면서 지금 좀 어려운 여건은 별 거 아니라고 생각하고 있다. 미소를 잃지 않고 항상 얼굴에는 행복한 꿈을 담고 있었다.

이들 부부의 앞날이 기대된다.

나리꽃 4 F 장지채색

악독한 남편

　방학이 끝나고 다시 모인 첫날은 모두 조금씩 상기되고 충전이라도 된 것 같다. 그동안 완성한 작품들을 가지고 와서 진열하니 좋은 전시회장이 되었다. 서로 감상하고 칭찬도 하고 격려도 하는데 모두들 이미 취미생활을 넘어 예술혼으로 완전 무장이 되어 있었다.

　지도 교수님을 비롯해서 첫 시작 인사 겸 한 분 한 분 소감을 발표하는데 둘째 연배쯤 되는 최여사 차례가 아주 흥미로웠다.

　자기는 오늘 개강을 몹시 기다렸다고 했다. 방학이 지루했던 제일 큰 이유가 남편 시집살이인데 상당히 요조숙녀요 현모양처의 모범 여사도 참기는 어려웠던 것 같았다. 지금 같이 밝은 세상에서도 그는 조선시대 삶을 면치 못하는 한심한 여자라고 실토를 했다.

　남편의 까다롭고 정확한 성격은 하루가 잔소리로 시작되고 잔소리로 저문다 했다. 끼니마다 반찬 투정은 말할 것도 없고, 심지어 깻잎 장아찌가 포개어진 상태로 상에 오르면 야단 벼락이 떨어질 정도라고 했다. 붙어 있으면 어떻게 먹겠냐고 꼭 깻잎을 펼친 채로 두

장 내지 석 장만 접시에 퍼서 담아야 할 정도라니 볶기는 강도가 짐작이 가고도 남을 일이다.

전직 파일럿 출신 남편은 기내 일등식에만 길들여져서 그렇다고 자랑도 했지만 늙어가면서 보통 골칫거리가 아니라고 했다. 제아무리 일등 미남 남편도 늙고 병들고 신경질과 잔소리는 고문일 수밖에. 그러니 개강은 노예 해방이나 다름 없다는 것이다.

그래도 자기는 경제적으로 구애받지 않아 다행이나 자기의 절친한 친구는 남편 잔소리며 구박도 구박이지만 금전문제가 더 기가 막힐 지경이라 했다. 고향 친구이기도 하고 팔자 소회도 풀어볼 겸한 번 만나보려고 하면 남편에게 외출 이유는 물론이고 그날 못 차려주는 점심을 값으로 환산해서 현금을 지불해야만 외출이 허용된다고 한다. 오랜만에 외출하는 아내 점심값을 챙겨 주지 않는 노랭이 정도가 아니라 도리어 자기 점심값을 뜯어내는 악독한 남편. 이렇게 지독할 수도 있을까.

세상에는 별별 종류의 남편들이 있겠지만 듣다듣다 처음 듣는 악독한 남편도 있었다. 이야기를 듣는데 너무 분하고 치가 떨릴 정도였다. 남의 남편을 악독하다고 해도 분이 풀리지 않았다. 더한 악담도 쏟아 퍼붓고 싶다. 한 가지를 보면 열 가지를 알 수 있다고.

매월 생활비에서 어쩌다 지출이 초과되면 그 책임은 당연히 아내 몫으로 어디 가서 벌어 오던지 그 나이에 친정 동생한테라도 변통을 해야만 집이 조용해진다고 했다.

이런 사정이니 친구가 보고 싶어도 자주 만날 수가 없다고 했다.

더욱 놀라운 것은 그 남편은 소문난 재력가라고 했다. 또 유명한 인사라고 하니 더 가관이다.

　돈의 노예가 불쌍하다.

　도대체 인간의 양면성은 어디까지일까?

원통에서 원통했던 일

여행이라면 세계를 누비는 장기여행도 있지만 당일치기도 재미있다. 하물며 마음 맞는 친구 몇이서 2박이나 3박을 계획하고 떠난다는 것은 굉장한 생활의 활력소가 된다. 기분 전환에 정신 건강은 물론이고 한 번쯤 일탈은 더할 나위 없는 자유인 동시에 부엌으로부터의 해방은 통쾌하리만큼 재미있다.

5월의 싱그러운 잎새들마저도 이런 마음을 알아나 주는 듯 반짝거리는 게 환영해 주는 듯 했다.

책을 읽는 것은 정적인 독서라면 여행은 직접 체험하는 움직이는 독서란 말도 실감이 났다. 삭막한 고속도로가 싫어서 국도를 이용하는데 언제나 재미있는 이야기꽃은 시간을 가늠할 겨를도 없이 어느새 강원도 땅에 진입하게 되었다. 그때 원통 이정표가 보이자 한 친구가 20년 전 감회를 떠올렸다.

서울에 있는 대학병원 입원실에서 남편들 병간호를 하는데 아내들끼리 그야말로 동병상련의 절박한 상황이 되어 서로를 위로하고 의지하다 보니 형제 이상으로 친해질 수밖에 없었던 친구를 떠올린다.

그들은 꼭 다시 만나기로 했는데 그 약속을 지키지 못하고 20년의 세월이 흘렀다. 남편의 병세가 돌이킬 수 없는 운명이 되면서 약속을 지키지 못한 것이 가장 큰 이유가 되고 말았다는 사연이다. 원통이 바로 그 친구가 있는 곳이라고 했다. 친구는 물론 그때 환자였던 친구 남편의 생사도 궁금해 다시 만나고 싶은 심정은 말하지 않아도 뻔했다. 도저히 그냥 지나칠 일은 아닌 것 같다.

우리가 누구냐! 혼자는 별 볼일 없어도 일단 뭉쳤다 하면 상상할 수 없는 용기는 말할 것도 없고, 또 의리는 둘째가라면 서러운 순수 정의파인 동시에 행동대원으로 변했다.

살면서 겪어야 하는 희노애락은 행 불행을 떠나 삶의 나이테가 되어 안으로 쌓이면서 결속이 될수록 가치 있는 재목이 되거늘 어느 것 하나라도 허술할 수는 없다.

우리 일행은 당장 그 친구를 찾기로 결정하고 원통 시내로 방향을 틀었다.

이름도 모르고 성도 모르고 단 여관을 경영한다는 한 가지 사실이 유일한 단서일 뿐이다.

역사가 20년 넘은 여관 찾기.

우리는 나누어져 여관과 모텔을 일일이 뒤지기 시작했다. 옛날에는 지독한 오지여서 군인들도 전속이 되면 원통해서 울었다는 원통은 많이 발전되어 깨끗한 시내에는 몇 개의 여관은 있어도 하나 같이 역사가 짧고 20년 넘은 여관은 없을 뿐만 아니라 기억하는 사람도 없었다.

10년이면 강산도 변하는데 20년이 흘렀으니 그 여관인들 개발과 빠른 변화에 편승되지 말라는 법이 있겠나.

얼른 생각에는 좁은 지역이니 금방 찾을 수 있을 것 같아서 20년 만의 극적이고 감동적인 상봉을 좀 더 멋있게 빛내주려고 나는 카메라까지 동원해서 아름다운 만남을 취재라도 하는 기분으로 당사자 못지않게 흥분했는데 생각보다 사건(?)의 실마리는 점점 오리무중이었다.

그때 애타는 우리들의 사연을 듣고 어떤 할머니 한 분이, '20년 전이면 토박이 주민을 찾을 것이며, 그냥 일반인보다 오래된 상점의 옛 주인을 만나서 알아보는 것이 좋을 것 같다' 고 의견을 내주셨다. 참으로 놀라운 지혜였다.

처음부터 쉽게 생각하고 무턱대고 여관이나 모텔만 뒤지다가 실망한 우리들의 실수가 어이없고 한심했다. 무모한 수사(?)방법은 너무도 초보적이고 단순 무식에다 유치한 방법임도 깨닫게 되었다.

시내에서 오래된 종묘상회에서 실마리는 금방 풀렸다. 연세가 좀 있으신 주인은 20년 전 원통여관을 잘 알고 있었다. 여관 주인 되는 남편은 돌아가신 지 한 20년 가깝다고 했다. 병원에서 헤어지면서 곧 운명한 것 같다. 부인이 혼자서 여관을 운영하다가 얼마 가지 않아 그 역시 남편 따라 가니 자연 여관도 폐업이 되고 말았다고 했다.

운명의 장난 같은 사실 앞에서 실망과 허무가 한꺼번에 덮쳤다.

영원히 지키지 못한 약속이 원통해서 친구와 우리는 한참 동안 말을 잊고 있었다. 우리의 취재는 여기서 닭 쫓던 개 울 쳐다보기가 되고 말았다.

이 땅 위에 생명 있는 것은 영원할 수도 없을뿐더러 그 귀결이 딱하나 죽음이다. 살아있는 어느 누구도 한 치 앞을 내다볼 수 없으니 아무리 굳센 언약도 물거품이 될 수밖에. 그래서 인생을 뜬구름이라 했던가.

그렇지만 이 명확한 사실 앞에서도 좌절하기보다는 늘 새로운 시작을 위해 출발이 필요했다. 삶 역시 죽음이 있기 때문에 소중하고 귀한 가치가 될 수 있다고 생각하니 더욱 살아 있다는 것에 감사하고 싶다.

오늘 할머니의 지혜가 유난히 돋보였고 감동적이었다. 옛날 고려장 시대 어느 노모의 지혜가 떠올랐다. 자연의 순리에 따라 늙어도 슬기와 지혜는 늙지 않고 오히려 빛나고 있었다.

잠시지만 원통에서 심오한 인생수업을 마치고 우리는 다시 목적지를 향해 출발했다. 그 친구는 하늘에서 이 특별한 방문이 흐뭇했을까 안타까웠을까.

위대한 시력

둘째를 군에 보내면서 있었던 일이다. 요즘 군 미필이 출세의 발목을 잡는 걸 보면 그래도 두 아들이 무사히 군 복무를 마친 것이 스스로 국가에 일조를 한 듯 자랑스럽다.

첫째를 보낼 때는 울기도 하고, 온 가족이 기념사진도 찍고, 설레기도 하고 대견해서 첫 경험은 매우 진지했다. 훈련소 연병장에 떼어놓고 돌아설 때의 심정은 모든 부모들이 겪는 일이지만 많이 힘들었었다. 둘째를 보낼 때는 참으로 침착했다. 한 번의 경험이 많은 도움이 되었다.

가족 면회 날을 통보 받고 내 동생하고 갔다. 넓은 연병장에는 많은 병사들이 정렬되고 지휘관의 독특한 훈시가 있었는데 연병장은 부동자세가 무서울 만큼 엄격했다. 군인정신은 그 자세 하나에 칼날 같이 예리했다. 꼭 벽돌이나 무슨 무생물처럼 추호의 움직임도 용납될 수 없는 시종일관된 진열 상태였다. 참으로 장관임에 틀림이 없었다. 그것도 입대해서 얼마 되지도 않은 기간 안에 이루어진 변화가 아닌가. 참으로 대견했다. 자랑스러웠다.

초대받은 가족들은 장병들이 있는 연병장보다도 제법 높은 언덕 위에서 식이 끝날 때까지 내려다보고 있었다.

똑같은 복장과 부동자세로 모자까지 쓰고 있으니 얼굴은 알아볼 수가 없고 꼭 전체가 로봇 같았다. 또 가족석이 정면이 아니고 약간 대각선 위치여서 비낀 모습 밖에 볼 수가 없었다.

화사한 햇볕 아래지만 모두들 자기 아들을 구별하기는 힘들었다. 여기저기서 위치 문제로 불만이 있었으나 나는 떠드는 소리에는 아랑곳하지 않고 맨 앞줄부터 하나하나 장병들을 찍어 가면서 훑기 시작했다. 많은 내빈들은 좌석이 정해진 것도 아니고 서로 내 아들을 보겠다고 앞자리로 나오기도 하고 좀 밀치기도 하면서 불편해했다. 그들은 먼 거리에다 정면도 아닌 대각선이라 아들을 도저히 못 찾겠다고 투덜거렸다.

이럴 줄 알았으면 망원경이라도 가져오는 건데. 하지만 카메라도 지참이 금지되어 검열대에다 맡기고 왔으니. 하여튼 나는 최선을 다해 줄을 놓치면 다시 또 하나하나 로봇들을 짚어가면서 눈에 힘을 줬더니 점점 눈이 아파오기 시작했다. 눈물이 나고 난시가 조금 있는 눈이 능력을 발휘하기에는 역부족이라 생각하면서도 포기하지 않았다. 나는 내 아들을 찾아야 한다는 일념밖에 없었다. 몇 번이나 줄을 놓치다가 다시 시작하기를 반복에 반복을 거듭했다.

"아 명섭이다. 명섭이 찾았다. 내 아들"

나는 너무 좋아 외쳤다. 어려운 것을 힘들게 해냈을 때 피로와 함께 밀어닥치는 안도의 한숨이 나왔다. 보고 싶었던 그리움이 한꺼번에 밀려왔다. 얼른 아들을 향해 뛰어들고 싶은 생각뿐이었다.

"맞아 맞아. 틀림없어. 명섭이 맞아"

같이 갔던 동생이 믿을 수 없다는 핀잔을 줬다.

"언니는 다 당신 아들로 보이겠지. 우리 언니 웃기는 데는 못 말려"

그렇게 똑같은 로봇들이 무슨 다른 점이 있어야 아들 아니라 더한 것도 구별이 되지 않겠느냐는 투였다. 그렇다. 도저히 찾기는 어려운 상태였으니까. 옆에 아주머니 한 분도 자기 아들 찾기를 포기한 듯 "도저히 구별이 어렵네요" 동생 말에 동의했다.

옛말에 아기 어미는 거짓말이 하루에도 열두 번이라고 했듯이 젖 물고 쳐다보는 눈망울 마주할 때마다 세상 어미 모두 거짓말쟁이가 되어도 얼마나 행복했던가. 거짓말쟁이든 말든 대꾸할 필요도 없고, 하고 싶지도 않고, 할 이유도 없고, 나는 그저 저 한 점 내 아들만 쏘아보고 있었다. 아홉 번째 줄 앞에서 세 번째, 괜스레 딴전을 피면 아들의 위치를 놓칠까봐 옆의 어떤 소리도 나에게는 아무런 의미가 없었다. '명섭아, 끝나면 달려 갈게. 꼭 껴안아 줄게' 속으로 외칠 뿐이었다. 지루한 식순이 끝나고 장병들은 자리에 그대로 서 있게 하고 가족들이 찾아가게 했다. 나는 한 치의 망설임 없이 바로 달려가서 아들을 껴안았다. 제일 먼저!

위대한 시력은 그냥 창출되는 것은 아닌 것 같다. 내 아들이 거기 있었고 나는 어미니까 가능하지 않았을까.

옥섭이 생각

　건강을 잃은 동생은 병원 치료를 마치고 기도원으로 떠났다. 경상북도 봉화군 소백산 속 오전 약수터에서 더 깊이 들어가야 있다는 기도원을 말로만 듣고 찾아갔는네 산중에 있는 기도원을 찾기란 쉬운 일이 아니었다. 길은 있어도 사람 하나 구경을 못 하니 어디 물어볼 수도 없고 산이 높아 그런지 핸드폰조차도 터지지 않았다. 이정표도 구경할 수 없고 망망했지만 헤매다가 겨우 찾았을 때는 해가 거의 지고 있었다.

　가엾은 동생을 만나니 타국에서 만나도 그렇게 반가웠을까. 이미 날도 저물었고 처음 방문에 옥섭이를 무작정 데리고 들어가기가 실례가 되는 것 같아서 우선 마당에 조금 메어 놓고, 저녁을 주고, 용변도 보라고 하고 우리만 방으로 들어갔더니 옥섭이는 차별 받는 것도 억울하고 낯선 곳인데 어둡기도 하니 저 딴에는 무서웠는지 저녁도 먹지 않고 죽는 소리로 짖어 댔다. 안절부절 옥섭이를 밖에 두고 왔다고 하니 그때서야 데리고 들어오라고 해서 나가 보니 옥섭이는 부들부들 떨면서 나를 무섭게 원망하는 눈초리로 울부짖듯 소리소리 짖어댔다.

　기도원은 다른 식구도 없고 목사님 내외분만 계셨다. 저녁을 먹고 목사님과 사모님의 좋은 말씀을 듣자 밤이 되었는데 여자 신도 두 분이 몇 십리 떨어진 읍내에서 기도하러 왔다고 했다. 참으로 보통 믿음은 아닌 것 같다. 밝은 낮에도 힘드는데 그 시간에 그 험한 길로 예배를 보기 위해 올 수 있다는 것은 대단한 믿음이었다.

　그 중 젊은 분이 우리 옥섭이를 보자 예쁘다고 안아주고 과자를 먹이니 지금까지 사료만 먹던 옥섭이는 맛있는 과자에 홀렸는지 나를 거들떠보지도 않고 그 아주머니한테 안겨서 과자만 계속 받아먹고 떨어질 생각을 않는다. 그 여신도도 무례하지만 배탈이라도 나면 어쩌나 내심 걱정이 되어 그만 오라고 아무리 불러도 요지부동이었다.

　아까 어두운 마당에 잠시 두고 왔다고 혹시 나를 원망하거나 아니면 그때 배신당했다고 생각했는지 완전히 나는 안중에도 없다. 그 신도는 자기 중학생 딸이 강아지를 사 달라고 조른다면서 옥섭이를 안고 놔줄 생각도 않고 귀여워 죽겠다며 쓰다듬고 야단이다.

　그 기도원은 두 여자분 만이 고정 신도인 것 같다. 그들은 하루 생업을 마치고 가족의 저녁을 챙긴 다음 매일같이 이 시간에 올라와서 철야기도를 한다는 것이다.

　두 분 신도들은 여기서 병도 고쳤고, 건강은 물론이고 지금은 사업도 엄청나게 번창했다고 한다. 이 기도원과 목사님의 영험한 능력을 간증하니 한없이 나약한 환자에게는 매우 좋은 희망을 안겨 주었다. 나도 그날 저녁부터 합류하여 철야예배에 참석하였다.

마침 다음날이 일요일이어서 주일 예배를 드리는데 신도는 그 여자 두 분과 우리 자매 부부로 그런대로 예배당이 어울렸다. 목사님의 설교는 마치 수백 명의 신도를 앞에 두고 바라보시듯 바른 자세로 하시는데 매우 은혜롭고 목소리는 쩌렁쩌렁 온 산을 흔들었다. 참으로 감명 깊고 은혜로운 예배를 드렸다. 여기서 꼭 동생의 건강을 다시 찾을 것 같은 확신을 가졌다.

이제 우리는 하산해야만 하는데 옥섭이는 그 아주머니 품에서 나를 거들떠보지도 않았다. 집에 가자고 손을 내밀어 안으려 하니 고개를 냉정하게 돌렸다. 삐쳐도 단단히 삐친 것 같다.

"언니, 옥섭이 두고 가줘. 저 아주머니가 잘 보살필 거야. 지금 저 분들이 나한테 잘 해주는데…. 언니 옥섭이 두고 가도 또 구할 수 있잖아. 언니, 제발 두고 가줘"

가련한 동생은 애원했다. 그들의 친절에 보답하고 싶었겠지.

기가 막힐 지경이다. 남의 집을 처음 방문하는데 옥섭이를 데리고 들어가도 이해할지 동정을 보고 양해를 구하려고 잠시 마당에서 저녁을 먹고 있게 한 것을 이해 못 하고 그렇게 참담하게 오히려 나를 배신하는 옥섭이지만 그래도 데리고 가야 오해도 풀고 용서도 구할 수 있는데 이렇게 그냥 헤어진다면 나는 영원히 옥섭이한테 씻을 수 없는 배신자로 기억되는 것 아닌가.

심약한 동생을 봐서 또 그들에게 내 아픈 동생을 맡기고 오는 처지에 이러지도 저러지도 못하는 고민이 되었지만 마음을 가다듬었다.

내 동생을 건강하게 하는 일이라면 뭐는 못할까. 너도 나를 그만일로 배반하는데 너 하나 포기 못할까. 비록 오해를 풀지 않으면 나는 끝까지 너의 영원한 배반자지만.

옥섭아, 미안하다. 사실 너를 개라고 생각하기보다 준섭 명섭 옥섭 섭자 돌림으로 너는 내 아들이었는데 그날 저녁 엄마의 잠깐 실수로 이 지경이 된 것이 가슴 아프구나.

네 토라진 그 심정을 나는 이해한다. 너는 내 마음을 몰라주니 안타깝지만 그 섭섭한 마음으로 차라리 나를 빨리 잊어다오. 그리고 잘 있어라. 새로운 엄마와 누나를 만나서 많은 사랑받고 행복하기 바란다. 건강하여라.

돌아보지도 않는 옥섭이를 두고 떠나왔다. 그나마 아픈 동생한테 도움이 되려니 스스로 위로를 해봤지만 마음은 편치 않았다.

추석에 둘째 아들 명섭이가 왔다. 제일 먼저 옥섭이를 찾았다.

"엄마, 옥섭이 어디 갔어요?"

가슴이 철렁했다. 저 동생이라고 아주 죽고 못 살 정도로 귀여워하다가 장가를 갔다.

머뭇머뭇 우물쭈물 거리다 작은 목소리로 말했다.

"으응 옥섭이. 이모 아파서 기도원 갔었는데 거기 있어. 이모 간호 잘 해달라고 주고 왔어."

"엄마는 옥섭이가 무슨 물건인가요? 옥섭이는 심장도 나쁘단 말이에요. 시골 가 있으면 언제 죽을지도 모른단 말이에요!! 엄마는 인간 맞아요?"

명섭이는 눈물을 글썽거리며 숟가락을 내동댕이치고 일어섰다.

명섭이에게는 인간도 아닌 비정한 엄마가 되었고, 옥섭이에게는 배신자로 영원히 기억이 될 것이다.

옥섭아! 미안하다. 건강하냐? 그립고 보고 싶다.

춘교언니

　그때 어린 내가 큰집에 가고 싶었던 가장 큰 이유는 바로 한 살 위인 사촌 언니 때문이었다.

　큰집은 조부모님도 계시고, 백부님 내외분 아래 8남매를 두시고, 그 자손이 번창하고 삼촌도 아직 미혼이었고, 그야 말로 층층시하 4대가 함께 하는 대가족이었으니 식구가 항상 20명이 넘게 북적거렸다. 부엌에는 새댁들이 언제나 서너 명씩 그 많은 가족들의 끼니를 전담하고 있는 걸로 기억난다. 이렇다 보니 외지에 나가 사는 기차네 손주들은 자연히 관심을 받기는 어려웠다.

　사촌 언니는 8남매 중 끝으로 하나뿐인 고명딸이지만 나이 먹은 조카들과 오빠들 틈에서 어리광도 못 부리고 씩씩하게 잘 버티고 있었다. 동네에 나가면 똑똑하고 예쁘다고 인기가 많았고 집안에서는 많은 올케들 사이에서 어른들과 중재를 잘하는 아주 큰집 종녀다운 지혜를 보여 칭찬도 자주 들었다.

　이런 활동적이고 성격 좋은 언니를 따라 농촌 체험을 알차게 한 것은 너무도 귀중한 산교육이었으며 내 인생을 통해 많은 것을 얻게 했다. 그 기간은 초등학교 4, 5학년으로 끝났다. 그 후 6. 25로 사회는 급변하여 바쁘게 살면서 점점 고향이나 언니에 대한 존재도 엷어지며 서로의 길을 걸었다.

일찍 결혼한 언니는 순탄치 못한 결혼생활로 왕래가 뜸해지면서 많은 세월이 지나갔다. 다시 찾아갔을 때 형부는 딴 살림을 하고 그냥 버려지다시피 원망으로만 나날을 보내니 건강이 나쁘고 비참하였다. 그 많은 오빠들도 이 하나뿐인 여동생의 운명 앞에는 도움도 힘도 되지 못하는 것이 원망스러울 뿐이었다.

오늘 그 언니가 운명했다는 연락을 받았다.

남편으로부터 오랜 세월 버림받은 배신감으로 몸도 마음도 무척 쇠약했고 남편은 이혼해 달라는 행패나 부리기 위해 들르는 정도인 것 같았다.

내 눈에 흙 들어가기 전에는 이혼은 못 한다는 깡으로 버텼겠지. 차라리 훌훌 털고 독립해서 강하게 살았다면 건강은 잃지 않았을지도 모를 것을. 일편단심 오직 그 자존심 하나로 다시 돌아오길 기다렸을까?

옛날 언니의 지혜롭던 모습은 어디로 갔는지….

어린 시절 고향 들녘을 데리고 다니면서 하던 콩서리, 밀서리가 너무 재미있어서 해 지는 줄도 몰랐었다. 감나무 밑에서 파란 땡감을 뜨거운 여름 모래사장에 묻어두었다가 침이 잘 든 감을 맛보여 주기도 하였다. 감나무 추억은 그뿐 아니다. 달콤한 감꽃은 맛도 좋았지만 실에 꿰어 목걸이를 하면 예쁘고 은은한 색이 지금도 잊혀지지 않는다. 또 강에 가서 고기 잡는 방법도 배웠다. 하얀 사발에 된장 한 덩어리 넣고 흰 헝겊을 씌워 고무줄로 단단히 동여맨 다음 가운데 구멍을 뚫어서 강물 속에 가라앉혀 놓고 모래밭에서 두꺼비집 몇 채만 짓고 나면 사발 안에는 고기가 가득 들어가 있는 신기한 사실도 그때 알았다. 물가에 모랫둑을 쌓고 잡은 고기를 가두어 놀게 하고 우리는 다시 멱 감고 모래성 쌓아 놓고 해가 서산에 걸리면 물고를 터서 고기들을 강으로 돌려보내고 집으로 갔다.

지금도 그 장면이 선하고 그립다. 내 유년은 사촌 언니와 잠깐이지만 아름다운 추억이 많다. 그것도 여름 겨울 계절마다 색다른 체험이 무궁무진했다. 찔레 꺾어 먹기, 불볕 내리쬐는 논둑에 서서 벼 패는 소리도 그때 들었다. 모깃불 피울 때 향긋한 풀냄새, 별이 쏟아지는 평상에 누워 별똥별에게 소원을 빌던 그 아름다웠던 시절은 돌아올 수 없는 추억이고 값진 체험이었다.

언니 고마워. 다시 그 아름다웠던 시간은 돌아올 수도 없구나.

쓸쓸한 빈소가 더욱 애달프다. 지키는 형부는 초연했다. 아니 차라리 홀가분하겠지. 그 질기고 질긴 종지부 앞에서 오래 기다렸던 또 한 여자가 호적이 바뀌는 절차가 이루어지겠지.

꽃 장식된 영정 속의 미소는 언니가 생전에 미웠던 자나 미움을 받았던 자나 그들 모두에게 마지막 베푸는 배려였다.

언니 잘 가세요.

통곡이 밀물처럼 터져 가눌 수가 없었다.

녹색의 조화 2F 장지채색

네잎 클로버

고등학교 시절 그 당시에는 학교에 교련시간이 있었다. 새로 오신 교련 선생님은 인물이 아주 잘 생긴 미남형에 군복을 입은 육군 장교였는데 서울 말씨를 쓰는 멋있는 젊은이였다.

여학생에게는 교련시간이 없으니 직접 배울 기회는 갖지 못해도 교정에서 자주 만나는 선생님은 다른 선생님들과도 잘 어울리지 않고 혼자 있을 때가 많았다. 별로 말이 없는 조용한 사색형이 더 멋지게 보였다.

물론 외모도 잘 생기고 바른 자세와 걷는 걸음도 매우 당당했는데 여학생들이 모여 있는 앞을 지날 때는 고개를 약간 돌리고 겸손하게 걷는 태도는 꼭 영화배우 같았다. 가끔 연못가에서 혼자서 생각하는 모습이라던가, 우수에 찬 눈길로 자연을 감상할 때는 군인답지 않은 고뇌하는 지성이 더 멋있었다.

꼭 영화 〈지상에서 영원으로〉 주연 배우 몽고메리 크리프트를 연상케 하지만 인물은 그를 훨씬 능가하는 미남이었다.

그동안 선생님 이름도 모르고 선생님과 가까이 한 일도 없는데 자꾸 선생님이 궁금하고 그냥 관심이 생겼다. 꼭 소설 속이나 영화 속에 등장하는 주인공 같은 느낌이 나면서 나도 모르게 생각을 떨칠 수가 없었다.

그 무렵 무용 선생님이 서울에서 새로 오셨는데 매우 도시적이고 활달한 처녀 멋쟁이 선생님이셨다. 한 눈에 봐도 그 두 분들은 무척 대조적이었다. 다 서울에서 오신 분들이니 시골학교 학생들에게는 선망의 대상은 되었지만 다른 분에게는 관심이 없었다.

더러 교련 선생님이 무용 선생님과 대화를 하고 계시는 장면은 봤지만 그리 가까운 것 같지도 않고 멀리서 봐도 대화가 진지한 것 같지는 않았다. 왜냐하면 한쪽은 사색 형이고 한쪽은 좀 활달한 말 괄량이 형이 아닌가.

몇 달이 지난 어느 토요일 오후 친구와 음악실에 갔다가 좀 늦었는데 누가 불러서 돌아보니 웬일인가 교련 선생님이셨다. 교내에는 아름답기도 하지만 6. 25때 폭탄이 떨어진 곳이라고 하여 탄지라 부르는 연못이 있었다. 선생님들이 쉴 때 자주 이용하는데 퇴근도 않고 어떤 선생님과 같이 계셨다.

그동안 얼마나 교련 선생님을 남몰래 관심을 갖고 관찰하다시피 살폈는데 도대체 이게 웬일인가. 나는 속으로 반가움을 금치 못하였다. 아니 꿈인가 생시인가. 혹 선생님이 내 마음을 알았나 싶을 정도였다. 지성이면 감천이라더니 그럼 하늘이 알았단 말인가.

내가 선생님을 좋아하는 마음이 들킨 것 같았다. 가슴이 쾅쾅 뛰었다. 친구와 나는 부끄러웠지만 용기를 내서 가 보았다.

"왜 늦었느냐? 올갠 연습 많이 했느냐?"

물으시면서 과자 먹고 가라고 권하셨다.

토요일 오후 교정은 텅 빈 채 따뜻한 햇볕만 쏟아지고 있었다. 선생님은 의외로 많은 이야기를 해주시고 매우 명랑하셨다. 여러 가지를 물어보시기도 하고 격려도 해주셨다. 우리들은 너무 행복했다. 가까이서 뵈오니 선생님은 더 핸썸했고 신선했다. 이야기를 듣는 동안 꿈을 꾸고 있는 듯 너무나도 아름다운 오후였다. 연못에서는 금붕어가 자맥질하고 향기로운 바람은 온몸을 녹여주듯 황홀했다. 뒷산 아카시아 향기도 그냥 있지는 않았다.

한없이 행복한 시간은 많은 이야기를 쏟아냈는데 그때 발아래가 소복이 자라는 클로버 밭이란 걸 알았다.

친구와 네잎 클로버를 찾기로 했다. 친구는 시작하자마자 금방 "찾았다" "여기 또 있네" 의기 양양 소리치는데 나는 웬일인지 하나도 눈에 띄질 않는다. 두 손으로 온 밭을 쓸어 훑어도 통 보이지 않는다. 시간은 가고, 마음은 초조하고, 어리버리 엄벙덤벙 한 개도 안 보이는데 그때마다 "또 찾았다" 하는 친구의 탄성은 나를 점점 당황하게 만들었다. 눈앞이 캄캄하고 망막했다. 하나도 보이지 않았다. 나는 기가 막혀 울고 싶었다.

어쩌면 친구는 손가락 사이사이에 퍼렇게 네잎 클로버를 끼우고 있는데….

선생님 앞에서 이게 무슨 망신이며 단 한 개도 못 찾는 이 창피, 이 부끄러움. 오늘 늦게까지 남은 것이 후회막심이다. 차라리 연못에라도 빠져 죽고 싶을 정도로 속이 상했다. 사랑하는 사람 앞에서

당하는 모욕감이 바로 이런 걸까. 하나는 너무 많이 찾아 의기양양
하고 하나는 단 한 개를 못 찾는 어리백이.

선생님께서 불쌍했는지 가까이 오시더니 "쉽게 찾는 건 행운이
아니야 행운은 그렇게 쉽게 오는 것이 아니거든" 하고 위로해주셨
다. 그 말씀이 너무 다정했다. 부끄러웠다. 눈물이 났다. 그때 흐려
진 내 시야에 한들한들 네잎 클로버가 고개를 쳐들고 웃고 있지 않
겠나.

아, 행운의 네잎 클로버! 쉽게 찾았다면 그렇게 소중했을까?

나는 증인이로소이다

중학교 동창회는 처음으로 참석했는데 회원들은 거의 백발이 성성한 노장들이었다. 그 중 한 회원이 지난날 우리 집과 우리 가족들까지 다 기억해서 놀라지 않을 수가 없었다. 60년도 더 지난 일인데 그 시절 상당히 행복한 모습이 부러웠다고까지 말했다.

그때 소년의 눈에 비쳤을 나와 나의 가족들까지, 더구나 행복하게 기억되었다는 그 말이 어찌나 감동스러웠는지 돌아와서도 내내 지난 시절 그리운 얼굴들을 떠올리면서 행복했던 추억에 젖어 헤어나지 못했다. 그 친구가 지금까지 기억해 준 것이 그렇게 고마울 수가 없었다. 이제는 모두 고인이 되고 다시 돌아올 수 없는 세월에 묻혀버린 줄 알았는데 기억했던 소년도 기억 속의 소녀도 별다른 일 없이 그냥 그렇게 늙어가고 있었다.

우리 집은 딸이 많았다. 일남오녀 딸 부잣집이라는 말도 들었지만 어머니께서는 하나하나 시집을 보낼 때는 너무도 헤퍼서 그렇게 아쉬울 수가 없었다고 회고하셨다.

부모님도 가신 지 오래고 이제는 형제들마저도 떠나고 있는 마당에 많은 추억들은 어찌 그리도 소중한지 슬픈 사연은 사연 대로 기쁘면 기쁜 대로 다 아름답고 그리움이 되어 가슴을 저미게 한다.

맏딸인 언니는 우리 가족의 기대와 사랑을 독차지할 정도로 집안의 대들보였는데 운명을 거스르지 못하고 젊은 나이에 아들 넷을 낳고 떠났다. 넷 중 위로 둘은 엄마를 기억할지 몰라도 아래 둘은 엄마 얼굴인들 기억이나 할까? 세월이 약이라고 하니 상처는 아물었을까 싶다.

이제는 다 장성해서 가정을 이룬 어엿한 가장들이 되었다. 그들 중 딸을 둔 집은 둘째네와 넷째네인데 신기한 것은 그들 사촌 자매가 닮아도 그렇게 닮을 수가 없다고, 꼭 친자매 같다고, 시어머니를 모르는 며느리들의 견해였다.

두 집 소녀들은 정말 많이 닮았고 예쁘고 총명했다. 내가 본 그 소녀 둘은 저희들 역시 본 적도 없는 할머니를 그대로 빼닮고 있었다.

먼저 가신 언니의 소녀 시절을 다시 보는 것 같았다. 이 엄연한 사실은 나만 알 수밖에 없으니 살아있는 가장 확실한 증인일 수밖에.

윤기 나는 머릿결, 귀여운 코와 눈망울, 보조개와 하얀 피부, 표정 하나하나 웃고 말하고 먹고 마시고 장난치는 모습까지, 어쩌면 언니의 소녀 시대가 그대로 재현되고 있었다.

귀엽기도 하고, 신기하기도 하고 참으로 오묘한 혈통이라는 숨길 수도 거역할 수도 없는 위대함이 흐르고 있었다. 그 신비감에 전율마저 느껴졌다. 혈통은 꽃보다도 더 아름답게 피어난 것이다. 장미꽃이 장미만의 아름다움과 깊은 향기와 고고한 기품을 태곳적부터

지켜오듯 언니의 DNA가 손녀들한테 아낌없이 흐르고 있는 자연스런 우주의 생성을 보여 주었다.

여기 증인이 없었다면 이 엄연한 사실도 무심히 지나치고 말겠지. 세상에는 얼마나 많은 사실들이 아름다우면 아름다운 대로 안타까우면 안타까운 대로 잊혀져 잠들기도 하고 어쩌다 한 조각 기억이 되었으면 그런 대로 다행일까.

언니가 남기고 간 아들 넷, 홍 1. 2. 3. 4 에 대한 놓치고 싶지 않은 삽화적인 장면이 그리움처럼 생각난다.

홍 1이 말을 겨우 시작할 무렵 두부장수가 울리는 땡그랑 땡 땡그랑 땡 종소리를 동기 동창 동기 동창이라고 따라 했다. 또 회전놀이 기구에서 아이들이 타고 돌면 금속 닳는 소리가 삐이- 하고 여운을 길게 내면 미도파아 - 하고 같은 톤으로 따라 했다. 아기의 청력이 판단한 나름의 표현이 신기했다.

홍 2는 세 살 봄날 산에 갔는데 수박풀에서 나는 냄새를 정확하게 수박 냄새라고 알아 맞혀서 놀라게 했다. 작년 여름에 먹은 수박 냄새를 어린 아기가 기억한다는 것은 참으로 놀랄만했다. 그 외에도 냄새에 특이하게 민감해서 많은 이야기 거리가 있었다.

홍 3은 음식 맛에 유난했다. 이모들 음식 솜씨를 자주 평가했는데 그 내용이 정확했으며, 입맛이 까다로운 편이어서 장래 요리사가 되어도 좋겠다고 생각했는데 전연 다른 길로 갔다.

홍 4는 돌 지나서 사고로 수술한 적이 있었다. 아기가 잘 못 먹고 보챌 때마다 꽃 보기를 좋아해서 우거진 나팔꽃 덩굴 속을 아무리 찾아도 없는데 그때 아기가 꼬꼬 하면서 가르킨 곳은 높은 담, 우서리진 속 쬐그마한 기형 난쟁이 나팔꽃이 잎 뒤에 가려 보일 동 말 동 한 걸 아기가 찾아낸 것이다.

그 후 엄마는 이미 하늘나라 가고 없는데 빨간색 내복하고 밍크만 보면 우리 엄마 옷이라고 소리 질러 가슴 아프게 한 것도 지금 와서 생각하니 다 추억이네.

4홍들의 이목구비耳目口鼻로 구분된 그들만의 개성 있는 청각 후각 미각 시각으로 특별한 감성이 있었다는 사실을 지금까지 기억한 것은 그들에게 첫정으로 사랑을 쏟다보니 아름다운 재롱을 놓치지 않고 관찰했지만 이마저도 증인이 없었다면 4홍들의 세월도 조용히 흘렀겠지.

질마재에 부는 바람을 먼저 간 사랑하는 두 동생을 생각하며 온 몸으로 맞아 본다.

눈을 감고 심호흡을 하고 팔을 크게 벌려 껴안으면 그리운 동생들의 향긋한 살 냄새와 함께 볼을 부비며 입 맞추듯 잔잔히 흐느끼는 소리를 듣는다.

보고 싶었어, 그리웠어, 잘 있었어. 꼭 투정하듯 원망하듯 속삭인다. 윙윙 울기도 하고 옷자락을 잡아당기기도 하고 어리광부리던 솜씨로 마구 밀어붙이기도 한다.

아, 이렇게 애달픈 너희들을 어떻게 하면 달랠 수 있을까?

나무 잎사귀는 반짝이며 윤기를 내고 꽃들은 손 흔들며 춤을 추는구나. 너희들이 질마재 적막강산에 외로운 내 동생 친구되어 줘서 고맙구나.

내 무덤가에서 울지 마세요
나는 거기 없고 잠들지 않았습니다

나는 이리저리 부는 바람이며
촉촉이 내리는 가을비입니다

어느 시인이 이렇게 또 바람을 얘기 했지.
꽃 지고 눈보라 치면 질마재를 무섭게 휘몰아치겠구나.
어두운 밤을 무서워 말아라. 별들이 다정히 지켜줄 것이고 하얀
눈이 내리면 포근히 감싸줄 것이다. 봄은 어김없이 찾아올 것이고
우리는 머지않아 다시 만날 것이다. 하나님 약속이다.

사랑하는 동생 신교信嬌와 매희梅姬의 명복을 빌면서.

덕소 우거에서

잘마재에 부는 바람

2014년 2월 20일 1판 1쇄 발행

지은이 / 장영교
펴낸이 / 장채향
펴낸곳 / 초롱출판사
서울시 종로구 관훈동 146-2 계양빌딩 401호
전화 02)738-5791, 730-0235
팩스 02)722-8114
등록번호 제1-852호(1988. 12. 26)

값 12,000원
ISBN 978-89-85816- 55-7 03810